TAKE
SHOBO

国王陛下と秘密の恋
暗がりでとろけるような口づけを

伽月るーこ

Illustration
ことね壱花

蜜猫
MitsuNeko

contents

イラスト／ことね壱花

国王陛下と秘密の恋

暗がりでとろけるような口づけを

序章　この出会いを〝運命〟だと言うのなら

これは、かつてこの国にいたと言われる妖精王の導きだろうか。

それとも、気まぐれを起こした妖精のいたずらか。

「……ん」

丸い天窓から降り注ぐやわらかな陽光の下で眠っているのは、端正な顔立ちの男だった。

寝椅子に仰向《あおむ》けで横になっている彼は、健《すこ》やかな寝息を立てている。キラキラと輝く金糸の髪、長いまつげ、くつろげられた胸元から覗《のぞ》く鎖骨、腹部にのせられた骨ばった手、男性特有のしっかりとした体躯《たいく》だからこその美しさが、彼にはあった。

そして、彼女は思い知る。

人は、あまりに美しいものを見たとき、本当に言葉が出なくなるのだ、と。

なんて美しい光景なのだろう。

まるで、絵画を前にしているかのようだ。

しばらく、時間を忘れ、無防備に眠る彼を見ていたが、ふいに彼がかすかに震えた。

ああ、このままではいけない。

天窓から陽の光が入るとはいえ、確かに、しかしゆっくりと陽は傾いていく。陽の光がすっかりなくなってからの肌寒さを、彼女はよく知っていた。

普段からここで読書をしているせいだろう。

彼女はすぐに、寝椅子のそばにある小さな丸テーブル――よく、読書用にランタンを置いているそこに近づき、腕に抱いていた本を置いた。そして、彼を起こさないよう静かに近づき、独特な曲線を描く背もたれにそっと手を伸ばす。手にしたそれは、夢中になって本を読んでいるときに、肌寒さを感じて読書を中断するのが嫌で、ここに彼女が持ち込んだ膝掛けだ。

彼女の私物だが、この場所で快適に本が読めるよう、誰でも、いつでも、どんな時間でも、ここで好きな読書ができるよう彼女が置いたものだった。

その膝掛けを広げ、彼へかけてやるのだが、彼の身長には足りなかった。

彼女は少し考え、彼の足から腹部までを膝掛けで覆い、腹部から胸元を自分の肩掛けで覆うことにした。すると、静かに、ただゆっくりと、長いまつげが上がっていく。押し上げられたまぶたから現れたのは、――空の色だった。

陽が落ちきって夜になるまでの間に見える、深い蒼《あお》。

その瞳に吸い込まれそうになりかけたところで、

「どなた……かな」

戸惑う彼の声が彼女の心を震わせ、我に返る。

「ごめんなさい」

口早に謝罪をし、すぐに離れた。心臓がドキドキとうるさい。

起き上がろうとする彼を背に、駆け出そうとしていた足をゆっくり床に下ろし、彼女は足早にその場を後にした。やがて周囲の物音が耳に届き始めると、古いインクの香りもわかるようになる。聴覚や嗅覚が戻ってきたころには、自分の居場所を思い出した。

ここは王立図書館。

静寂を友とする、知識の宝庫。

そして、彼女の憩《いこ》いの場でもある。

「……」

少し鼓動が落ち着いたところで足を止めた彼女は、読もうと思っていた本を置きっぱなしにしていたことに気づき、自然とため息をついた。

第一章　ある、晴れた日のこと

メリナ・エヴァンスの朝は、鐘の音とともに始まる。

居心地の良い眠りから目が覚めたメリナは、のそりと上半身を起こした。ひとつあくびをして、涙で滲《にじ》んだ目を手の甲でこすってからベッドを下りる。降るような鐘の音を聞きながら肌着を着て、身支度を整えた。昨夜用意しておいた、桶《おけ》に張った水で顔を洗うころには、すっかり目が覚める。

そこへノックの音が響き、母のノーラが入ってきた。

「おはよう、メリナ」

「おはようございます。良い朝ですね、お母さま」

綺麗《きれい》な長い髪を頭上でまとめ、瞳と同じ色をした上品な深い緑色のドレスに身を包んだ母が微笑《ほほえ》む。こまめに掃除をしているとはいえ、こんなに狭くて薄汚れた部屋に、上品の塊《かたまり》のような母がいるのは、いつまで経《た》っても慣れない。

「さ、ドレスを着てしまいましょうか。髪は？」

「いつもので」

「……そう。たまには、昔みたいに髪型を変えてもいいのよ？」

遠慮がちな母の申し出に、メリナはゆるゆると首を横に振って微笑んだ。

「お母さまの手を、煩《わずら》わせたくないですから」

「娘にすることで煩わしいことなんて、ひとつもないわ。あなたは、私の大事な宝物なんだから」

そう言ってぎゅっと抱きしめてくれる母の腕の中で、自然と顔が綻《ほころ》ぶ。

「愛してるわ、私のメリナ」

「私もです、お母さま」

たったふたり、今まで寄り添って生きてきた。大事に思わないわけがない。

だからこそ、今の母を見ると申し訳なくなる。たとえ、母が「いいのよ」と言っても、もっと他に道があったのではないか、と。

「さぁさ、早く支度をしないと朝食に遅れてしまうわね」

母はメリナを腕の中から離し、いそいそと壁にかけていたドレスを手に取った。言葉遣いもさることながら、立ち居振る舞いも美しい母の凛《りん》とした後ろ姿を見つめ、メリナは複雑な気持ちになる。

これでも、メリナの生まれたエヴァンス家は名家――だった。

家柄も古く、この国でも少しは名の知れた家だったのだが、家督を継いだ父がさまざまな事業を傾かせ、資産を食いつぶした結果、旅先で命を落としてしまい没落した。住んでいた屋敷も、メリナの世話をしてくれたメイドたちも、何もかもがなくなった。

『メリナには、私がいるからね』

たったひとり、母だけがメリナのそばにいてくれた。

最後のメイドを見送り、慣れ親しんだ屋敷から出ていくときの、母のしっかりとした声と、前を見据えた凛とした姿勢、小さなメリナの手を握った力は今でも忘れられない。

当時、メリナは十歳だった。

自分に起きたすべてを理解するには幼く、だからといって何もわからないほど子どもでもなかった。自分の身に何かが起きているということは、母の態度や周囲の慌ただしい様子を見ていたら、嫌でもわかる。ただ、生きる術《すべ》を知らなかった。

母がいなかったら、とうに死んでいただろう。

このとき、少しでも自分に知恵があったなら、母に苦労はさせなかったかもしれない。それを思うと胸が苦しくなる。しかしだからといって、当時の自分には何もできなかったのが事実だ。

母とふたりで最後に家から出たあと、母は生きるために働き口を探した。

没落したとはいえ、元は貴族だ。宿屋で働きながら小さな物置部屋でどうにか食いつなぎながらも、貴族時代にあったつながりを辿《たど》った。没落貴族と懇意《こんい》にしたいという貴族はいない。ときには門前払いを、ときには嫌な顔をされながらも、どうにか口利きをしてもらい、食いつないで仕事を転々とした。

そうして、最後に行き着いたのが、王都郊外の辺境にある領主の邸宅だった。

母は、別の大陸の出だ。単身この国へ働きにきた際、父に見初められて結婚した。そのため、異国の言葉が話せる。それを、誰かから聞いたのだろう。領主が「娘の家庭教師に」と雇ってくれた。しかも、メリナ共々住み込みで働いていいと言ってくれたのだ。

さらにこの領主がとてもいい人で、当時十四歳になっていたメリナが、何もせず住まわせてもらうのは申し訳ないから「働かせてください」と頼んだときも、

『キミは娘とも歳が近い。よかったら、娘が飽きないよう、勉強するときはそばにいてくれないだろうか。娘と楽しく勉強をしてくれると助かるよ』

と、言ってくれ、学ぶ場まで与えてくれた。

物腰の柔らかい領主と、その優しい娘のおかげで、メリナは文字の読み書きや教養を学び、

母とともに働ける環境に恵まれることになる。母ばかりに負担がないのはありがたかった。

それから二年後、王都の王立学校へ行った娘の口利きと領主の推薦もあり、母は王立学校の教師として教鞭《きょうべん》をとるに至る。十六歳になったメリナもまた、母の手伝いとして王立学校の教員宿舎で寝起きを共にすることを許された。当然、教師ではないメリナは使用人の小部屋を使わせてもらっているだけで、母とは部屋が別だ。

そのため、こうして母は朝食前に毎朝メリナの支度を手伝いにきてくれる。

ここは――ダールトン王国王都・シュヴェットにある寄宿学校。

周辺諸国の王侯貴族の令息令嬢が、親元を離れて教養を学びに来ている全寮制の名門校だ。

使用人であっても、エプロンドレスで敷地内を出歩くことは禁じられている。学校へ来る前に領主が仕立ててくれた素敵なドレスは、ひとりで着られるものではなかった。つまり、従者をつけるような身分ではないメリナの支度は、毎日母がしてくれている。

「――はい、終わり。今日も私の娘は最高にかわいいわ」

メリナの髪の毛を結い上げた母の腕が、後ろから首に巻き付いたかと思うと、母に頬《ほお》ずりをされる。それをされること自体は嬉《うれ》しいのだが、さすがに少しくすぐったい気持ちだ。

「私の自慢の娘よ」

「ありがとう、お母さま」

そして、ごめんなさい。

心の中で謝罪を続け、メリナは少しだけ視線を落とした。

「それじゃ、朝食に行きましょうか」

母の声に頷《うなず》き、メリナは立ち上がった。

部屋を出て食堂へ行き、朝食を摂《と》ってから母の授業の準備を始める。準備といっても、母に言われたものを用意するぐらいだ。授業が始まってしまえば、誰に付くというわけでもなく、言いつけられた学校内の雑用をこなすだけになる。敷地内にある王立図書館から指定された本を取りに行ったり、食事の準備で芋の皮むきを手伝ったり、学校内の掃除や周囲の草むしりなど、頼まれればあらゆることをやった。

毎日やることが決まっていない分、今日は何を頼まれるのだろうかとわくわくさえする。これぐらいの雑用なら、領主のところでもやっていたからだろうか。それが役に立ち、周囲が笑顔になってくれるのはメリナにとっても嬉しいことだった。しかも労働のあとは、王立図書館で時間の許す限り本を読むことができるのだから、最高だ。

労働をして、大好きな本を読む。

これがメリナの代わり映えのない毎日で、今日もそうなる――はずだった。

少なくとも、さっきまでは。

「――ッはぁ……、はッ……」

もう、走れない。

メリナは荒い呼吸をそのままに、建物の壁へ手をつく。身体が熱く、呼吸が苦しい。走りすぎたのか、足に力が入らなくなったメリナの身体は、ゆっくりと壁のほうへ傾《かし》いでいった。片手では身体を支えられず、体勢を変えて背中を壁に寄りかからせる。

「はぁ……、はぁ……」

穏やかな空を仰ぎ、呼吸を整えていると、数人の足音と話し声が耳に届いた。

「いたか？」

「いいや」

「こっちにもいないよ」

三人の声を聞き、メリナは咄嗟《とっさ》に自分の口を両手で覆った。

「おっかしいな。確かにこっちの方向に走っていった気がしたんだが……」

「これだけ探しても見つからないってことは……」

「ねえ、もうやめようよ。もし亡霊だったりしたら……、僕怖いよ」

「安心しろ。亡霊は、こんな昼間っから出たりしない」

「そう聞いてるけど、見たことないから昼間にも出るかもしれないじゃん！」

「そんなことより」

「そんなこと⁉」

「俺たちは、彼女が噂《うわさ》に聞く、ここを守護する妖精かどうかを確認するために、ここまで追いかけてきたんだろ？　ここで諦めるのはもったいないと思わないのか」

「そりゃ……、そうだけど。もし、得体のしれないものだったらどうするのさ」

「一応、人ではあった。顔がはっきり見えなかったから、正直ちゃんと顔を見たいという気持ちもないではない」

「出たよ、女とあれば見境なくなる悪癖《あくへき》が！」

「かわいかったら口説くのは、紳士として当然だろ。それに、この敷地内にいるんだ、ただの人間だったらそれなりのご令嬢だろうよ。口説いて損はない。俺は自由だしな」

「もしかしてそれが目的？　もうやだ、僕、なんかバカバカしくなってきた……。あのね、いくら結婚の話がだめになったからって、こういうのよくないと思うんだけど」

「まあ、そう言うなって。とりあえず、もう少し奥を探して、いなかったら諦めよう」

呼吸をするのにも気を使っていたメリナだったが、その足音がしっかりと自分のほうへ向かっているのを知り、とにかく離れようと建物伝いに歩く。

この先は茂みだ。

少しでも身を隠すことができれば、やり過ごせるかもしれない。が、近づいてくる足音は思いの外速かった。メリナは思うように動かない自分の足を、どうにかして前に出し続けた。

「……ッ」

どうして、こんなことになってしまったのだろう。

今日も、言い渡された雑用を心をこめてこなしていた。変わったことと言えば、いつもより少し早く自分の身が自由になっただけだ。それは何も珍しいことではないのだが、メリナは珍しく考え事をしていた。

昨日、王立図書館で出会った男のことを、思い出していたのだ。

気もそぞろで、ぼんやりしていたのがいけなかったのかもしれない。

なぜか、どういうわけか、メリナの姿が三人の目についたらしい。

気づいたときには、彼らが後ろにいた。

メリナは授業のある時間に校内を自由に動き回っているため、ここで学ぶ貴族の令嬢や令息との関わりはほとんどない。だからこそ安心して働いているのだが、今日に限って、突然理由もなく、見知らぬ三人の男性についてこられていた。普段から敷地内を歩いているせいか、ある程度抜け道を知っている。おかげで何度か目をくらませることはできたのだが、それが災《わざわ》いした。逆に、彼らの興味を煽《あお》ってしまったらしい。

彼らは、追いかけることをやめてくれなかった。

（いつもなら、諦めてもらえるのに……ッ）

囲いのない街中ならまだしも、良くも悪くも、限られた敷地内では逃げ場所は限られている。しかも、相手はこの学校の生徒だ。いくらメリナに地の利があるとはいえ、三人もいたら見つかってしまう。

この学校に来て一年になるが、こんなことはなかった。

が、見ず知らずの人に追いかけられるのは、これが初めてではない。

メリナは、昔からよく人に見られることが多かった。

たぶん、この外見のせいなのだろう。

メリナは、同年代の女性に比べると、背が高い。それだけでも珍しくて目を引くというのに、彼女の髪の色はやわらかな色合いをしたアイボリーブロンドだ。母のいた国では珍しくないのだが、この色はこの国ではあまり見かけないものだった。父譲りの澄んだ青空のような青い瞳は、この国でもよく見かける独特の色味をしている。

メリナは、この国で生まれ育ったが、外見が母の国の要素を多く引き継いでいた。母の国、というよりは、祖父の血が色濃く出たらしい。そう、母は言っていた。

人の目を引きつけてしまう外見を持つがゆえに、メリナは昔から意味もなく見られることが多かった。最初は気にしていなかったのだが、歳を重ねるにつれ、その不躾《ぶしつけ》な視線が嫌になり、その視線があるからこそ、よけいに「人と違う」のだと認識させられた。

きっと、見られるのは、自分の血に流れる異国の血のせいだ。

そう思いながら、気づけば人の視線を避けるようにして前髪を伸ばしていた。

母のことは尊敬しているし、心から愛している。

ただ、母に「自慢の娘」だと言われるたびに、申し訳なさで心が軋《きし》んだ。

母には自分の国と呼べるものがあっても、メリナにはない。この国を「自分の国」とは思えなかった。人の視線で思い知る「この国の人間ではない」という疎外感のせいで、メリナは、自分の異国の血が苦手になっていた。

「あー、やっぱりこっちにも行けそう。ちょっと茂みで隠れてるけど」

先程よりも、声が大きく聞こえる。

もう、間に合わない。

こっちにこないで、と祈りながら、泣くのを堪えて俯《うつむ》き歩くメリナの視界に、つま先が現れる。即座に顔を上げた彼女の目の前にいたのは、ひとりの男だった。

驚いたように見開かれた瞳には、空がある。

陽が落ちて夜になるまでの間に見える、深い蒼。

を包み込む。


「お、行けるぞ」

背後から茂みをかき分ける音と共に聞こえてきた声に、メリナが肩を震わせると、何かが頭を包み込む。

「失礼」

彼の声が落ちてきた瞬間、身体を引き寄せられた。

腰に回された熱が服越しに伝わったかと思うと、驚きで息を呑《の》むメリナを腕の中に閉じ込め、彼は身体を反転させる。メリナを守るようにして、声のするほうへ背中を向けてくれたらしい。

「やっぱりこっちに……道、が……」

メリナを追いかけてきたうちのひとりの声が、途切れる。

「おい、急に止まッ、ぅえ?」

「うっお、おまえまで何、どうし――ッ」

メリナを抱きしめていた男が、ゆっくりと彼らに顔を向けたのがわかった。

「――何か?」

優しいが、どこか冷えた槍《やり》をつきつけられるような声に、息を呑む。

「用がないのなら、気を遣ってほしいものだが」

「……す、すみませ……」

「ん、そうじゃない。謝罪が聞きたいわけではないんだよ」

「……ッ」

「はっきり邪魔だと言わなければわからないほど、気が利《き》かないわけでもあるまい？」

底冷えするような声に焦《あせ》ったのだろうか。

三人はどたどたと慌ただしく品のない足音を立て、立ち去っていったようだ。遠のいていく彼らの足音と声がかすかに届くのだが、何を言っているのかまではわからなかった。

「………行ったよ」

しばらくして降ってきた優しい声が、張り詰めていた心に落ちる。

背中にまわっていた彼の腕も離れた。あとは、謝辞を述べて離れればいいだけなのだが、どういうわけか彼にしがみついたまま動けない。

早く、早く離れなければ。

はやる心とは別に、メリナの手は強く強く彼の服を掴《つか》んでいた。

伝えたい言葉は喉の奥で留《とど》まり、どうすることもできない。すると、とんとんと背中を優しく叩《たた》かれる。離れたはずの彼の手が、再び背中に戻っていた。

「もう、大丈夫だ」

気遣うような声とともに投じられた優しさによって、震えた心が熱くなる。

彼の声が、メリナを安心させようとしているのがわかった。ああ、本当にもう大丈夫なんだ。そう思ったら最後、張り詰めていた糸がぷつりと切れた。

「おっと」

力が抜け、膝から崩れ落ちそうになったメリナを助けてくれたのは、彼だった。

背中を叩いてた手で腰を抱き、落ちていくメリナの身体を引き上げる。再び、腕の中に閉じ込められた。

「すみま……せん」

耳に、吐息が触れる。

「無理をしなくていい。震えがおさまるまで、こうしているから」

穏やかな声と抱きしめる腕の力で、メリナは自分の身体が震えていたことを知った。ああ、こんなにも自分は怖がっていたのか、と初めて理解する。

「嫌じゃなければ、甘えなさい」

続けられた言葉に、メリナは気づくと頷いていた。不思議と、彼の腕の中は居心地が良い。申し訳ないと思いながらも、彼の好意に甘えることにした。

「……」

包み込まれるような感覚と、触れ合うところから伝わる彼の鼓動に安心していると、自然と

震えがおさまってくる。

もう、大丈夫。

そう思い、ゆっくり顔を上げると、建物の壁に背中を預けた男の、深い蒼の瞳と目があった。

「どうかしたか？」

おだやかな表情に、気遣うような優しい声が、メリナの心をあたたかくさせる。大丈夫だと伝えようとしたのだが、彼は何かに気づいたように続けた。

「あ、足が痛い？」

「……いいえ」

「ずっと立たせたままにしていただろう？　俺も存外、気が利かない男ですまない」

苦笑する男に、メリナは首を横に振る。

「いいえ、いいえ。そんなことは……ッ！」

そして気づいた。

ずっと立ったままなのは、彼も一緒ではないのか、と。

「あぁあああッ！　すみません！　私こそずっと寄りかかってしまいました。足、大丈夫ですか？　痛くないですか？」

慌てて離れ、メリナはあわあわと戸惑いを露《あら》わにする。

とんでもないことをしてしまった。

この学校に通っているのは貴族の令息だ。そんな彼を、いつまでも立たせてしまうというのは、失礼にあたるのではないか。自分の身分もわきまえずに、メリナは彼の好意に甘えてしまった。自分のしでかしたことの重大さに、泣きそうになるメリナだったが、彼は大丈夫だと伝えるように笑った。

「少し落ち着け、俺は大丈夫だから」

「し、しかし……ッ！」

「そう気にするな。俺が、震えた女性を放っておけなかっただけだ。それに、昨日の恩もある」

昨日、という言葉に、メリナの混乱とも言える動揺が、静かに収まっていく。

「……覚えて……いらっしゃるんですか？」

「そうじゃなかったら、これを返しにきたりはしないよ」

彼は、先ほどメリナの頭にかぶせた布のようなものの端を掴み、目の前に持ってくる。それは昨日、メリナが彼にかけた肩掛けだった。

「たぶん、これで髪の色も隠せたとは思うが……、もし明日、変な噂がたったらすまない。先に謝っておく」

「ん？　ああ。貴族は、退屈をもっとも嫌う人種でな。……と、断言するのはよくないのだが、そういう者がいるのも確かだ。今日みたいに、隠れて逢瀬《おうせ》をしていたなんてのは、いい話の種になる。それをわかっていて、俺はそのフリをしたんだよ。君にはいい迷惑かもしれないが」

それで、噂の的になるかもしれないメリナに、先に謝ってくれたというのだろうか。

なんて優しい人なのだろう。

メリナへの気遣いが伝わる言葉に、胸があたたかくなる。

「……お気遣い、感謝いたします。しかし、その心配は無用かと」

「なぜ？」

「私が、ここで働いている者だからです」

「……」

「私は普段、みなさまが学んでいる最中に働いておりますので、私を知っている者は限られているのです。噂の類が出回ったとしても、私だと特定されることはほぼないでしょう。それに、そうならないよう、あなたは私の頭を肩掛けで覆い、極力彼らの目につかないよう、身体の向きを変えてくださいました」

「変な噂……ですか？」

「んー、それではまるで、俺がとても優しい人間のように聞こえるな」

困ったように言う彼を見上げ、メリナは素直な気持ちを口にした。

「少なくとも、私はそう思っております」

それを聞き、彼はますます困った様子で苦笑する。

「……まいったな。俺は、俺にとって一番効果的で楽な方法を選んだだけであって、君のことなど考えてはいなかったんだが……」

メリナは小さく首を横に振った。

「……優しいですよ」

「そうか？」

「ええ。……だってあなたは、私のことを物珍しそうに見ませんでしたから」

それが、とても嬉しかった。

「私には異国の血が流れています……。だから、あなたやここにいるみなさまとは……」

違う、と言いかけたメリナだったが、伸びてきた彼の両手に頬を挟み込まれて言葉が途切れる。頬《ほう》を覆う彼のぬくもりが、自然と落ちたメリナの視線を上げさせるように、顔を上向かせた。呆けるメリナをそのままに、彼の手は前髪へ触れる。そして、少し長くなった彼女の前髪を中央から分けるようにして、メリナの顔を空の下へ晒《さら》した。

「……ッ」

突然広くなった視界に美しい男の顔がはっきりと現れ、息を呑む。

「ああ、うん」

驚きでまばたきを繰り返すメリナに、彼は続けた。

「君の瞳は、澄んだ空の色をしているな。これは……父上譲りか……？」

「は……い、たぶん。父は、この国の者でしたから……」

「ん。では、この国の者よりも少し色味が薄いのは、母上のおかげだな。……とても、いい色をしている」

突然、脈絡もなく瞳の色を褒められ、戸惑いながらも心は素直に嬉しいと跳ねた。

「ありがとう……ございます」

「うん。そして、素直だ」

そう言って笑った男の顔は、とても楽しそうだった。

目をまたたかせるメリナの頬を、彼の指先が猫を甘やかすような手つきで撫《な》でてくる。

「少し、髪や目の色が違うだけだ。話は通じる、会話もできる。この国にいる者となんら変わらない。……のだが、その顔は納得してるようには見えないな。なにか他に気になるところでもあるのか？」

メリナの反応を見ながら言う彼に、つい、ぽろっと口がすべった。

「……背が少し……」

この学校にいる同年代の令嬢たちと比べると、メリナは少し背が高い。

それは、母も同じだ。小さいころは、手を引く母が美しいから、すれ違う人が振り返っているのだと思っていた。しかし、自分が成長するにつれ目線が高くなるたび、その背丈に自然と視線が集まっているのだと気づいた。それからは遠目に小柄な令嬢たちを見ては、何度となく目立たない身長を羨《うらや》ましく思った。

そんな気持ちを、彼は明るい声で吹き飛ばす。

「そうか？　抱きしめたときも思ったが、俺とはちょうどいいと思うぞ」

あっけらかんと言う彼を見つめ、メリナも改めて思い返す。今の目線もそうだが、ついさっきまで彼の腕の中にすっぽりと収まっていたことを。

「…………確かに」

「な？」

妙に納得して心が軽くなったメリナに、男は嬉しそうに笑い、彼女の頭を覆っていた肩掛けを取って肩にかけてくれる。

そして——真剣な口調で、穏やかな声で言った。

「君は、とても綺麗だ」

心臓が、大きく跳《は》ねる。

「……だからそう、自分を嫌ってやるな」

心を見透かすようなことを言われたのは、初めてだった。

昨日とは違う理由で、言葉が出ない。驚きすぎても言葉が出なくなるのだと、体験して理解する。まばたきを繰り返し、戸惑いを露わにするメリナに、彼は太陽のように笑う。

「うん、そういう顔もかわいいな」

「ッ⁉」

「ああ、赤くなった。かわいいかわいい」

楽しげに笑った彼が、メリナの頭をがしがしと撫でる。

「わ、わわ」

彼の手が離れ、ぐしゃぐしゃになった髪を直そうと手を上げたところで、肩掛けが肩から落ちていく。咄嗟に手を伸ばしたが、その手は届かなかった。しゃがみこみ、落ちた肩掛けを手にして顔を上げると、もうそこに彼の姿はなかった。

残されたのは、抱きしめられたときに残った彼のぬくもりと、この肩掛け。

夢のような出来事に、メリナはしばらくそこから動けなかった。

第二章　突然の、出会いと再会

翌日、メリナは王立図書館にいた。

「……はぁ」

美しい装丁の本を本棚に戻し、メリナの小さな口から今日何度目かのため息がこぼれる。

まだ、昨日のほうが集中できていた。それは自分でもわかっている。いやしかし、いつまでもこうしていたらいけないと、メリナは隙間なく本が並べられた本棚から、天井を見上げた。

そこには、額縁《がくぶち》のない青空が広がっている。

なんでも、王立図書館にこもりがちな学者たちに、少しでも青空を思い出してほしいから、という理由で十数年前に描かれたものらしい。ここに来るまで下ばかり見ていたメリナにとって、天井に描かれた青空は新鮮に映った。以来、前向きになりたいときや、気持ちを切り替えたいときに、こうして図書館の天井を見上げていた。

不思議と、見上げる場所によって、見え方が違っていて本物の空のようだ。

その空の色に、ふと、彼の瞳の色が重なる。

「……ッ」

メリナは視線を本棚に戻し、そのへりへ額を押し付けた。

(同じ色ではないのに……、空の色だと思ったばっかりに……ッ)

連想してしまうのだろうか。

いけないとわかっていても、気づくと昨日のことを考えてしまうのだからどうしようもない。

こんな気持ちは初めてで、どうしたらいいのかわからないのもまた確かだった。

気を抜くと、すぐ昨日の出来事がメリナのすべてを占めるせいだ。

『かわいい』

昨日、三度も言われた声が、耳から離れない。

未《いま》だに夢見心地な気分でいるのか、今日は仕事にも身が入らなかった。母にまで「上の空でどうしたの」と心配されてしまい、メリナは周囲に迷惑をかけないよう、早々に王立図書館の本棚の整理をしようと自分から進んでやってきたのだった。

大好きな王立図書館にいれば、心穏やかでいられる――と、思っていたのが、間違いだったらしい。

変わらず、名も知らぬ彼のことで、頭がいっぱいだ。

（……一体、どうしてしまったの、私……）

また、自然とため息が出てしまう。

（いけないいけない、やるべきことをしなくては……！）

気を取り直したメリナは、顔を上げ、腕にした本を本棚の所定の場所に差し込んでいく。

ときどき、借りた本を適当なところへ戻す者もいるため、王立図書館では定期的に本棚の整理をすることになっている。

最初にこの雑用を頼まれたときは大変だと思ったが、手にした本を戻していくと、題名から自然と本の内容が気になり、最終的には興味が出た本を読むようになっていた。この雑用がなかったら、メリナは本に興味を持たなかったかもしれない。

「……こんなものかしら」

腕に抱えていた最後の一冊を本棚に戻して、メリナは頷く。

この王立図書館は、寄宿学校の敷地内にあるが、王城で発行された許可証を持つ者なら、外部の者も出入りが許されている。寄宿学校に通っている貴族令嬢や令息ももちろん使用しているのだが、外部利用者とは出入り口が別になっていた。それでも、この図書館を埋め尽くすほどの人はこない。基本いつも人はまばらで、目的もそれぞれだ。

目当ての本を見つけた直後から本棚の前で動かない者や、そこいらに置いてあるソファで眠る者、テーブルで書き物をしている者など、本を読む以外に利用している者もいる。利用者が少なくても、気づくと本が元の位置に戻っていないことはままあった。

そのため、メリナや、王立図書館の管理者が、こうしてときおり各本棚を見回り、利用者が使いやすいように整理をしていた。

（あれ？）

メリナは、とある本棚を通り過ぎようとしたのだが、視線の端に妙な違和感を覚え、足を止める。すると、一冊だけ背表紙が逆になっている本があった。このままでは、本の題名が見えない。本棚からそっと取り出してみると、その本は、深紅に金の装飾が施されているものだった。

この装丁は王家関連の書物で、そもそも棚が違う。

題名を見なくとも、すぐにわかった。

メリナはその本を腕に抱き、本棚の間を歩いていく。

王家に関連する書物は、ここでは少ない。より詳細な資料は、当然のことながら王城で厳重に保管、管理されている。そのため、ここにあるのは、王家の歴史や、それにまつわる逸話、簡単な系譜ぐらいのものだ。国の歴史を学ぶ講義などで使用されるらしい。初めてこの装丁を見たとき、ここの管理者からそう教えてもらった。

この美しい装丁見たさに、メリナはよく王家関連の本棚に足を運び、あの場所を見つけたのだ。——天窓から降り注ぐ陽光を受け、ふかふかになった古いソファを。

理由がなければ、王家に関する本棚の近くなど、寄り付かなかっただろう。

家が没落する前であれば、王家主催の夜会にも行く機会があり、それなりに学ばなければいけないことがあったのかもしれない。だが、今は身分が違う。だから、メリナはこの国に世話になってはいるものの、この国をまとめ上げているのが、どんな人物なのかを知らずに生きてきた。

それだけ、母と生きることに必死だった。

今も、それは変わらない。

代わり映えのない毎日が、今の生活が、メリナにとってはちょうどよかった。しかし、その考えは王都に来てから変わった。せっかく王都にいるのだから、これを機に知るのもいいかもしれないと、思えたのだ。

本は、ときに読み手を選ぶ——こともあると、どこかで読んだか、聞いたかした。

そういえば、一昨日《おととい》読もうと思っていた本も、王家に関する逸話だった気がする。メリナは、自分が今手にしている本に不思議な縁を感じながらも、階段を上がっていった。

すると、ふいに記憶の蓋《ふた》が開かれた。

（……そういえば、前に王家の方が視察にこられたことがあったような……）

そのときは興味がなく、それ以前にここでの生活に慣れるために一生懸命だったせいか、記憶が曖昧だ。あのときは中庭で花の手入れをしている最中だっただろうか、お世話になった領主の娘と並んで歩いている姿を遠目に見た気がする。

（確か名前を……）

頭の片隅にある記憶を手繰り寄せようとするのだが、その切れ端をなかなか手にすることができない。喉の奥まできているという歯がゆさを抱えたまま、階段を上がり終えた。

そこで、唐突に、記憶の切れ端を手にする。

「ルリアーナ・ルーシェ・ダールトン王女殿下」

喉の奥に引っかかっていた名前が、するりと口から出た。

それがあまりにも嬉しくて、メリナは思わず顔を綻ばせる。すっきりした気分でいたら、本棚からそっと顔を覗かせる者がいた。

長い金糸の髪は絹のようになめらかな光沢《こうたく》を放つほど美しく、その瞳は宝石のような青い色をしている。しかも彼女は「何かしら」と言わんばかりに顔を覗かせ、さらに――

「はい」

と、返事をした。

その一連の流れを前に、メリナは自然と足を止め、呆《ほう》けたようにつぶやく。

「ルリアーナ・ルーシェ・ダールトン王女殿下……？」

今度は問いかけるように、確認するように、自分が今夢を見ているのかどうかを確かめるように、もう一度名前を口にする。すると、彼女は本棚から姿を現し、ドレスの裾をつまみ上げた。

「はい。わたくしが、ルリアーナです」

美しい挨拶《カーテシー》をし終え、最後ににっこり。

見た者すべてを虜《とりこ》にする、愛くるしい笑みを浮かべた彼女――ルリアーナは、物語の本から飛び出た妖精のように見えた。にわかには信じられない出来事に、頭の中が真っ白に染まっていく。思考が漂白されていくのと同時に、腕から力が抜けたのだろう。しっかり胸に抱いていた本が、腕の中から抜け落ちた。

当然、それはメリナの足のつま先へ直撃する。

「……ッ⁉」

瞬時にやってきたのは、激痛だ。

本の角が当たったのかもしれない。良くも悪くも、漂白されかけた思考が痛みによってはっきりする。涙目でそれに耐えるメリナにルリアーナが駆け寄り、あまつさえ自分が落とした本を拾ってくれた。

「あ、あぁッ」

咄嗟のことで言葉にならず、変な声が出る。しかも、言葉になっていないせいで、とても変だ。恥ずかしさから泣きそうになるメリナに本を手渡したルリアーナが、下からまじまじと覗《のぞ》き込んでくる。美しく、愛らしい彼女の顔が近づいてきた。

「……ッ」

緊張で息を呑むメリナに、ルリアーナはへにゃりと嬉しそうに笑う。

「あなた」

そう言って、ルリアーナの小さな手がメリナの少し長い前髪をそっと横に流した。

「とっても綺麗ね」

うんうん、と頷くルリアーナに、メリナは言葉を失う。しかし、それで良かったと思う。相手は一国の王女で、身分のない自分が気軽に話しかけていい存在ではないのだから。

まばたきを繰り返し、困惑を露わにするメリナに、ルリアーナは続けた。

「お名前は？」

「も、申し遅れました」

「遅れてないわ。大丈夫。だから、そんなに緊張しないで」

陽の光のような、やわらかな声に包まれる。

メリナは小さく息を吐き、ゆっくりと名前を紡いだ。

「メリナ・エヴァンスです」

「エヴァンス？　……ああ、もしかして、ノーラの？」

「はい。ノーラ・エヴァンスは……、私の母です」

「まあ、やっぱり。この髪色」

やはり、珍しいのだろうか。

自分がこの国の者とは違う象徴とも言える髪の色を、彼女がなんて言うのか、メリナは緊張しながら続きを待った。

「ノーラと同じでとても美しいから、よく記憶に残っていたの」

まさか褒められるとは思わず、メリナは顔を赤くする。

ルリアーナがメリナの頬をそっと撫でるときには、前髪が落ちて視界が元に戻った。昨日に続き、今日も前髪をどかされたせいだろうか。

いつもの視界が狭く感じた。

今まで、そう感じたことがなかったのに。

自分の心境を不思議に思っていると、ルリアーナは少し伸びた前髪越しに、しっかりとメリナの瞳を覗き込む。我に返ったメリナに身構える隙など与えず、彼女は続けた。

「顔を隠してしまうのは、もったいないわ」

その瞬間、ルリアーナの優しい声に包まれたような気がした。それなのに、肝心の彼女の顔がはっきり見えない。このとき初めて、メリナは自分の前髪を煩《わずら》わしいと思った。

（……ああ、私は、私の顔を隠すことで、相手の顔も見ないようにしていたのね）

ルリアーナの笑顔が、また見たかった。

小さな自分を気づかせてくれた、彼女のひだまりのような笑顔が。

「あ、あの」

「ん？」

勇気を振り絞って声をかけたメリナだったが、すぐに他の声が差し込まれてしまう。

「もう、こんなところにいらっしゃったんですか、ルーシェさま！」

聞き慣れた声に振り返ると、駆け寄る音が大きくなる。金糸の髪をかすかに揺らしながら近づいてきたのは――、

「探しましたよ。……あれ、メリナ？」

「ご無沙汰しております、シェリルさま」

聞き覚えのある声だと思ったら、やはりそうだった。

シェリル・ウィンランド。

彼女は、郊外にあるウィンランド伯爵の令嬢で、メリナが母ともども世話になった領主の娘だ。

「ふたりは、お知り合いなの？」

ルリアーナの不思議そうな声に、シェリルが答える。

「はい。メリナとは、しばらくうちで一緒に過ごしておりました」

「もしかして、以前シェリルから聞いた家庭教師の母娘というのは……」

「エヴァンス母娘のことです」

「まあ、すごい偶然！　こういうのを、運命というのかしら。ねえ、メリナ、これからまだお時間ある？」

「え？　ええ、今日の仕事は終わりましたので……」

「でしたら、このままわたくしたちと一緒に、お茶でもいかが？」

いいことでも思いついたように言うルリアーナが、メリナの手をとり、握りしめる。

「せっかくの出会いです。このままさようならをするのは惜しいわ。ねえ、シェリル」

シェリルにも同意を求めるルリアーナの視線と声に、シェリルも悩む素振りをする。

「……そう、ですね。私もルーシェさまの侍女になってからは忙しくて、メリナと話をしてませんでしたから……」

「まあ、シェリル。それではわたくしの世話が大変だと言っているようなものよ？」

「え？　あ、ち、違います。そういうわけでは決して……ッ」

少し大きくなったシェリルの声が、吹き抜けになっている館内に響く。

咄嗟に自分の口を手で覆ったシェリルが、周囲を見回してしゃがみこんだ。続いてルリアーナもしゃがみこむので、メリナもそれに倣う。

「……どうしたの？　シェリル」

「……大きな声を出してしまいました……」

「そうね、そうね、シェリルの声がとても響いたわ。それでなぜしゃがむの？　新しい遊びかしら？」

「は、恥ずかしくて……」

「まあ、それで隠れたの？　それで、隠れたつもりなの？　だとしたら、かわいいものね。隠れてないわよ？」

ふふ、と天使のような微笑みを浮かべるルリアーナに、赤面して膝に顔を伏せるシェリル。

ふたりの様子に、自然とメリナも口元が緩んだ。きっと、シェリルとルリアーナは、普段からこんな感じなのだろう。互いの信頼感が、なんとなく見えたような気がした。

メリナと一緒にいるときのシェリルは、いつもどこか「ちゃんとしなければ」と気を張っているように見えたからか、こういう姿を見るのはとても和む。

「……ルーシェさまに恥ずかしい思いをさせてしまい、すみませんでした……」

「いいのよ。わたくしはとても楽しいから。それに、シェリルのかわいいところも見られたわ。ね、メリナ」

「はい。いつもと違うシェリルさまは、とてもかわいいです」

ルリアーナに同意を求められたメリナが素直に答えると、シェリルが伏せていた顔を上げた。

「そう……？　幻滅しない……？」

怯《おび》えた猫のような様子に目をまたたかせたメリナは、首を横に振った。そして、大丈夫と伝えるように、握りこぶしを作ってみせる。

「あまりのかわいさに、親しみを持ちました」

「メリナ……」

「シェリルの情けない顔が見られるのも、いいわね。かわいいわ、かわいいかわいい」

にこにこと笑いながらシェリルの頭を撫でるルリアーナと、なされるがままになっているシェリルを見つめ、メリナはまた微笑んだ。

自然と穏やかな気分になるのは、きっとルリアーナのおかげだろう。

彼女は一国の王女であるというのに、親しみやすいやわらかな空気をまとっている。すんなりとメリナを受け入れ、また、身分差で身構えていたメリナにルリアーナという人間を受け入れさせた。魅力的な人間というのは、ルリアーナみたいな人のことをいうのかもしれない。

「ね、メリナ。わたくし、もっとあなたといたいわ」

三人揃《そろ》って立ち上がったところで、ルリアーナがメリナの手を両手で包んでくる。その素直な気持ちとぬくもりが、メリナの心をまたあたたかくさせた。

もっと、いたい。

その素直な気持ちに応えるようにして、メリナは自然と頷《うなず》いていた。

「ふふ、嬉しい。そうと決まれば、いつもの秘密の場所でお茶会にしましょ。あ、その前に、本を戻さなくてはいけないわね」

「あ、これは私が……」

「いいのいいの。わたくしにさせてちょうだい。この装丁《そうてい》は、得意分野だから」

そう言って、無邪気に笑ったルリアーナが、メリナの手から本を取り、背中を向けた。その後ろ姿を見送っていたメリナに、近くにいたシェリルがそっと声をかける。

「ありがとう、メリナ」

「い、いいえ、私は何も……。それに、私も……シェリルさまに会いたかったです、し」

「ふふ、そう言ってもらえるのはとても嬉しいわ。私もよ、メリナ」

会いたかった、と言いたげにシェリルに抱きしめられ、メリナもまた頬を擦り寄せる。懐かしい匂いがした。

「あ、それから、外ではルリアーナさまのことをルーシェさま、と呼んでくれる？　公務以外で出歩いているときは、そうしているの」

そこにどんな理由があるのかどうかは、メリナが立ち入ることではない。疑問に思うこともなく、メリナは首肯した。

「わかりました」

そっとシェリルが離れていくと、ルリアーナが戻ってくる。

「さ、行きましょう。わたくしのね、秘密の場所に招待して――」

メリナの手を掴んで歩き出そうとしたところで、彼女の足が止まった。

その視線はある一点を見ているのだが、残念ながらメリナには誰を見ているのか、わからない。そばにいるシェリルがため息をつき、何が起こっているのか理解できないメリナの耳元で囁《ささや》いた。

「城から、お迎え」

口早に説明したシェリルが、今度はルリアーナを呼ぶ。

「……ルーシェさま」

気遣うような声に、背中を向けたままのルリアーナがため息とともにがっくりと肩を落とした。うなだれているようにも見えたが、彼女はすぐに顔を上げる。

「しょうがないわね。とてもとても、残念だけれども！」

「ええ、それはもう私だって残念ですよ。残念でなりません。が」

「ええ。ええ、ええ、わたくしは、わたくしのことを、ちゃんとわかっているわ」

言いながら、ルリアーナはメリナの手を離して振り返り、ぎゅっと抱きついてきた。

「ごめんなさい。もう時間がきてしまったみたいなの。お茶会は、また今度でいい？」

そっと胸元から顔を上げたルリアーナの表情は、怒られた子どものようにしゅんとしている。

その残念そうな表情に、メリナは目をまたたかせた。

「……今度……、また、私を誘ってくれるのですか？」

呆けるように言ったメリナに、ルリアーナは目をまんまるにした。

「当たり前でしょう？　お茶会に誘ったのはわたくしなんだから。約束を反故《ほご》にするつもりなら、最初から誘ったりしないわ。言ったでしょう？　わたくし、メリナともっといたいって。あなただってさっき頷いてくれたわ。それともあれは、わたくしが王族だから断れなかっただけ……？」

彼女の美しい青空の瞳が、曇《くも》っていく。

その様子に、メリナは慌てた。

「いいえ、いいえ。あれは本当の気持ちです。ルリ……、ルーシェさまが王族だからとか、そういうのではなく、……不敬にも、ルーシェさまの身分を忘れて、もっと一緒にいたいと思いました……。だってルーシェさま、とてもかわいらしくて妖精みたいで……、で、ですから、身分のない私をもう一度誘ってもらえるとは思わず、……その……ッ」

途中から、自分でも何を言っているのかわからなくなってきた。

彼女の澄み渡った空のような瞳が曇ったのを見て、だいぶ動揺しているらしい。必死になるメリナを、きょとんとした顔で見ていたルリアーナが、再び抱きしめてきた。

「……ル、ルーシェさま……ッ!?」

声を堪えながらも、驚きを露《あら》わにするメリナの胸元で、ルリアーナは顔をぐりぐりと押し付けている。この行動が何を意味するのかわからず、メリナはただ両手を上げ、助けを求めるようにシェリルを見た。

「シェリルさまぁ」

しかし、彼女は嬉しそうに笑うだけで助けてはくれない。

「メリナがメリナで、本当によかったわ」

それは一体、どういう意味なのだろう。

嬉しそうなシェリルを気にするメリナだったが、胸元にいるルリアーナが顔を上げた。

「メリナ」

「は、はい」

「わたくしの茶会に、身分は関係ないわ」

「え？」

「わたくしのお茶会は、招待制なの。王族であっても、わたくしの招待なしには席につくことができないのよ。だから、安心して一緒にいて。……一緒に、いたいわ」

ほんの少し頬を染めるルリアーナが、かわいい。

かわいいなんてものではない。子どもが母親を見つけて幸せそうに笑う風景を見たときのような気持ちが沸き起こり、メリナは泣きそうになりながら返事をした。

「はい。楽しみにしてます」

笑顔を向けるメリナにルリアーナも安心したのか、ゆっくりと離れる。

「それでは、またね。メリナ」

嬉しそうに微笑むルリアーナの表情は、最初に顔を合わせたときよりもやわらかく、年相応の、少し幼ささえ感じる微笑みになっていた。首肯したメリナに、シェリルが微笑み、彼女はルーシェから〝王女《ルリアーナ》〟となって侍女《シェリル》を従えていった。

メリナの胸に、光のような嬉しさを灯《とも》して。

「……………そうだ、本」

メリナは思い出したようにつぶやく。

一昨日、読もうと思って丸テーブルに置いたままの本を思い出し、踵《きびす》を返した。今にも駆け出したい気持ちを堪えて、メリナは嬉しさを噛《か》みしめる。

自分とは違う世界の人間だと思っていた王族のルリアーナに出会えただけでなく、彼女の私的なお茶会に誘ってもらえた。それどころか、とてもよくしてくれたシェリルにも会えたのだ。

今日は、なんていい日なのだろう。

そう思うだけで、自然と口角が上がる。

いつもの寝椅子まで、もう少し。

自然と下を見ながら歩いていたメリナの視界に、誰かの足が現れる。本棚に向かうようにして立っている足の主と、顔を上げたメリナの視線が、しっかりと——合った。

「ご機嫌だな」

ふ、と口元を緩ませた相手は——今日一日、メリナの心を奪っていた張本人だった。

突然のことに驚き、目をまたたかせる。すると彼は、王家の本棚の前で、一冊の本を閉じた。

それは、メリナが一昨日読もうと思い、ここに置き忘れてしまった本だ。

「妖精の指輪」

本の題名をつぶやくメリナに、彼は頷く。

「ちょっと読んだら止まらなくなってね。おとぎ話のたぐいは、子どものころに散々聞かされていたはずなんだが、改めて読むとまた違う印象を持つものなんだな」

言いながら、彼はメリナに手にしている本を差し出した。

「すまない。一昨日キミが借りた本を持ち帰ったのは、俺だ」

苦笑する彼の手から、メリナは本を受け取る。

「昨日、ここに返すつもりだったんだが……、なかなか時間がとれなくてね。肩掛けを持ってくるので精一杯だった。返すのが遅くなって、申し訳ない」

「だ、大丈夫です。私、本は借りずに、ここで読むようにしているので」

「……そうなのか？　ん、待てよ。そうなると、俺は無断で本を借りたことになるのか」

「バレていなければ、大丈夫です！」

「……バレていなければ？」

「はい！　それに、ちゃんと今日戻ってきましたから」

メリナが本を胸に抱き、微笑んだ。

しかし、彼からは返事がない。変なことを言ったつもりはなかったのだが、何かおかしかったのだろうか。メリナは、少し覗き込むようにして彼を見上げた。

「どうか、しましたか?」

心配そうに声をかけるメリナに、彼は口元を緩ませる。

「さっきも思ったが、笑うとかわいいな、と思って」

その瞬間、メリナの顔が一気に熱くなった。

また、言った。

昨日も言われた「かわいい」発言に、メリナはどうしたらいいのかわからなくて、その場で固まる。心臓が激しく脈打ち、呼吸をするので精一杯だった。

「固まった」

ふふ、と笑いながら言う彼に、メリナは本を持つ手に力を込めた。

「だ、誰のせいだと……ッ」

「うん、誰のせいだ?」

その綺麗な顔を近づけて、彼はにこにこと笑う。

近い。近すぎる。からかわれているだろうことは、彼の表情から察していたが、彼は彼でメリナの返事を待っているようにも見えた。逡巡《しゅんじゅん》してから、メリナは口を開く。

「…………あなたの、せい、です」

「そうか。俺のせいか」

それはそれは嬉しそうに笑う彼を前に、メリナは胸に抱いていた本を掲げて自分の顔を隠した。むずむずするというか、恥ずかしいというか、なんともいえない気持ちになる。

「では、俺が責任を取らなければいけないな」

彼が言うなり、突然自分の身体が浮かび、足が床から離れた。メリナは掲げていた本を下ろすのだが、すぐ近くに彼の顔があって呼吸が止まりそうになった。彼によって横抱きにされたメリナは、あっという間に近くの寝椅子まで連れてこられ、そこへ下ろされた。

「動けないようだったから、運ばせてもらった」

メリナの前にしゃがみこみ、メリナが口を開くよりも先に、彼は自分の行動を説明する。そうなったら、言いたい言葉は喉の奥に消えてしまった。

「……ありがとうございます」

「どういたしまして」

にっこり微笑んだ彼が立ち上がり、メリナの隣に腰を下ろす。いつもは自分ひとりしかいない寝椅子に、他の誰かがいる。それがどこかくすぐったくて、なんとなく嬉しかった。

口元が自然と緩み、メリナはそっと隣を盗み見る。

「ん?」

まさか彼と目が合うとは思わず、息を呑んだ。

「読まないのか?」

嬉しそうに口の端を上げた彼に、メリナは慌てて視線を逸《そ》らして抱いていた本を見つめた。

重厚で、素晴らしい装丁を眺め、宝物を触れるように触れる。それからそっと、本を開いた。

「ところで、どうして今さらこの本だったんだ?」

隣から、メリナの膝の上で開かれた本を覗き込むようにして、彼が言う。かすかに触れ合う肩と近くで聞こえる声に、一瞬で身体が固まった。

「……あ、……その、恥ずかしながら、この国のことを知らなくて……」

「知らない? さっき、ルリアーナ王女と話していたのに?」

あれを、見られていたのだろうか。

メリナは本から顔を上げて、彼を見た。その視線の意図が伝わったのか、彼が察したのかはわからないが、少しきまりの悪い顔をする。

「すまない。実はあのとき、本棚の裏にいたんだ」

「!?」

「話し声が聞こえてね。ほんの少しだけ、会話を聞いてしまったんだが……、キミがルリアーナ王女と随分親しげに話していたから、てっきり友達なんだと思ったよ」

「と、友達⁉」

「あれ、違うの？」

「まさか！　きょ、今日初めて、それも偶然お会いしたのです！」

「そうなのか？　随分と親しげだったから、初めてではないと思ったが……」

「それはたぶんシェリルさまのおかげです。あ、シェリルさまというのは」

「ウィンランド伯爵の娘だろう？」

「そうです！　ご存じなのですか……？」

「これでも、人の名前と顔を覚えるのは得意なんだ。それで？」

やわらかく微笑んだ彼に、話の続きを促され、メリナも続ける。

「私、ここにお世話になる前にウィンランド伯爵さまのところで、母ともどもお世話になっていまして。……それで、シェリルさまにとてもよくしてもらいました。その話をしたら、ルリアーナさまも喜んでくださって……」

「そういうことだったのか」

「あの、でも、その、殿下のご迷惑にならなければ、仲良くしたいと……は、思います」

「なるほど。友達にはなりたいわけだ」

「も、もちろんです！」

「理由は？」

「ありません」

即答した。

つい、口から出てしまったのだが、それを聞いた彼の動きが止まる。驚いているようだった。

メリナは言葉を探しつつ、ゆっくりと自分の気持ちを言葉にする。

「……私、今まで友達というものを作ったことがなくて……、だから、友達になりたいのに理由とか思いつかなくて……。あ、だからといって、友達を作りたいがために、ルリアーナさまと友達になりたいと言っているわけではないのです。今日初めてお話をしたら、もっと一緒にいたいと、仲良くなりたいと思ったんですけど……、すみません、これでは答えになってませんね」

「いいや？　素直な気持ちが聞けて、嬉しいよ」

彼はそう言って、苦笑するメリナに微笑んでくれた。

どこか、ほっとしたように見えるのは気のせいだろうか。なんとなく彼の反応を不思議に思いながら見つめていると、彼が何か思いついたように言った。

「さっき、国を知りたいと言っていたが、もしかして王家に興味を持ったのではなく、国に興味を持ったのか？」

「はい。せっかく王都にいるので、この国を学ぶのもいいかと」

「……そうか。そういえばさっき、ここへ来る前は、ウィンランド伯爵のところにいたと言っていたな。……確かに、国を学ぶには少々難しい。あそこはいい領地なんだが、王都からは距離がある」

「そうなんです。あ、でも、のどかで、とってもいいところなんですよ。私、ウィンランド伯爵さまのところへ来る前は、この国を母とともに転々としていたので、あんなにも穏やかな時間が流れている土地を知りませんでした」

「ただの田舎だ」

「そう、おっしゃる方もいますね」

「誰だそいつは」

「ウィンランド伯爵さま、ご自身です」

ふふ、と笑いながら、メリナは言う。

「そう言える伯爵さまだからこそ、領地のみなさんに好かれているのでしょうね。人格者というのを、伯爵さまから教わった気がします。……母と転々としているときは、優しい人もいましたが……いろいろな方と出会いましたから」

嘘《うそ》をつく者、明らかにメリナを邪魔者扱いする者、母を馬鹿にする者、病気になったと知るやいなや寒空の下、外に放り出されたことだってあった。

「正直、ここにくるまでは、気持ちに余裕がなかったといいますか……、貴族のみなさまを知る機会が本当になくて……」

「つまり、興味がなかったと」

言葉を探しながら言っているメリナの心を読んだように、彼ははっきりとそう言った。

「…………すみません」

「いや、謝ることはないさ。その境遇を思えば、仕方のないことだと思う」

「……伯爵さまのところにくるまでは、生きるのに必死でした。だから私は不敬にも、この国の王を知らないのです……！」

それにはさすがに彼も驚いたように目を瞠《みは》った。

「なんとなくそうではないかな、と思ってはいたが、本当に知らないのか？」

「はい。まったく。肖像画も見たことがありません」

「んん？　では、なぜ王女のことは知っているんだ？」

「ルリアーナさまは、ここに視察でこられたとき、遠目に見かけたことがありまして」

「そういうことか」

「王立学校でお世話になっている身としては、今のままでは申し訳ないと。せっかく王都に出て、働くことにも慣れたので、少しでもこの国の勉強をしようと思いたったんです」

「それで、この本を？」

「……はい」

この本――『妖精の指輪』は、ダールトン王国建国にまつわるおとぎ話だ。

昔、この国が人間の手で治められるずっとずっと前の時代。この土地は妖精によって、統治されていたのだという。そこへ、とある家族が流れつき、ひとりの子どもが妖精と仲良くなった。子どもと妖精はそれからさまざまなところへ冒険をし、絆《きずな》を深めていく。

最終的に、妖精が友情の証として、冠を子どもに譲り渡し、妖精の姿は消えてしまう。

その後、妖精に認められた子どもが王となり、譲り受けた妖精の冠は、人間でいうところの指輪ぐらいの大きさで、のちに『妖精の指輪』として、王家で大切に保存されているという話だ。

「……建国史よりは、このおとぎ話のほうがとっつきやすいな」

「まだ途中までしか読めていないのですが、冒険をしているところなど、とてもドキドキしました。ひとつひとつのお話がそこまで長くないせいでしょうか、私にはとても読みやすいです」

「そうか」

「あ、それで、大事なことを思い出したんですが」

「随分と唐突だな」

楽しげに笑う彼に、メリナは開いていた本を閉じて向き直った。

「私、あなたのお名前が知りたいです」

「……名前？　あー、そうか、名乗っていなかったか」

「はい。もしよろしければ、教えていただけないでしょうか。昨日、助けていただいたお礼を言わせてください」

するとと、彼は穏やかに微笑み、

「クラウスだ」

名前を教えてくれた。

彼の名前が、すんなりと入ってくる。

「……クラウス……さま」

記憶に刻みつけるように自分の声で彼の名前を紡ぐと、彼の手が伸びてきた。それはメリナの頬を覆い、くすぐるように指先で撫でる。

「なんだ――、メリナ」

甘やかな声が、一瞬にして身体の奥をしびれさせた。

返事をするように名前を紡がれ、心臓が止まりかける。彼に名前を呼ばれただけだと言うのに、自分の名前ではないような感覚になった。

「……どう、して……？」

「さっき言っただろう？　少し、立ち聞きしてしまった、と」

そういえば、そんなことを言っていた気がする。

ついさっき話したことだというのに、すっかり忘れていた。それほど、彼に名前を呼ばれたのが衝撃的だったのだろう。メリナは当初の目的——お礼を言う機会を逃していたことにも気づいていなかった。

「それから、礼はいらない。代わりにといってはなんだが、俺にも教えてくれないだろうか。キミの名を。立ち聞きで知るのではなく、ちゃんと知りたい。……どうかな？」

頬を撫でる優しい手と、甘い声に導かれるようにして、メリナは口を動かした。

「メリナ・エヴァンスです」

「……ありがとう。メリナ」

彼——クラウスは、頬を撫でていた手で、呆けるメリナの手を持ち上げ、彼女の目の前で手の甲にくちづけた。やわらかな唇の感触と、触れるところからじんわりと広がる甘い痺《しび》れに、心が震える。

しかし、彼の表情は前髪が長いせいでよく見えない。

「そろそろ時間だ」

クラウスはメリナの手を放して立ち上がり、その場から去っていった。

手の甲に残る唇のぬくもりが、甘くうずく。彼に触れられたところすべてが、愛《いと》おしくてしようがない。こんな気持ちになるのは初めてだ。心の奥から湧き上がる名も知らない衝動に耐えるように、メリナは己の身体を抱きしめた。

一体、自分はどうなってしまったのだろう。

クラウスに出会ってからというもの、自分の世界が変わってしまったような気さえする。メリナはゆっくりと深呼吸をしてから自分を抱く腕をほどき、立ち上がった。

本を本棚へ戻し、図書館を出てから足早に宿舎へ戻ると、夕食もそこそこに母の部屋へ向かう。

メリナのような下働きをしている者とは違い、教壇に立つ者は教養を持つそれなりの家庭で育っている。使用人と部屋を分けるのは当然で、行き来も普段ならできない。しかし、メリナは娘ということで、母の部屋へ行くことを特別に許可されていた。

母の部屋の前で呼吸を整え、ノックを二回。

ほどなくして返事が聞こえ、母がドアを開けてくれた。

「まあ、メリナ。どうぞ、入って」

笑顔で出迎えられ、メリナは促されるように母の部屋へ入った。

綺麗に掃除されている室内は、年季の入った調度品に溢《あふ》れている。王立学校の敷地内にあるこの宿舎は、もともと王族の誰かが所有していた屋敷で、置いてある調度品はすべて当時使われていたものだ。それを、現在も流用している。物がいいから、長く使うことができるのかもしれない。

「ちょうど、お茶をいれていたところだったのよ。よかったら、メリナもどう？」

「お願いします」

ドアを閉め、招き入れたメリナの横を通り過ぎた母は、いそいそともう一セットティーカップを近くの棚から取り出した。それから丸テーブルに近づき、そばで佇《たたず》んでいるメリナへ視線を向ける。

「どうしたの？　いつまでもそんなところで」

メリナは静かに息を吐き、母を見た。

「あの、お母さま」

「なあに？」

言いながら、母はティーポットを手に紅茶をカップへ注いでいく。琥珀色《こはくいろ》の紅茶がカップを満たしていくと、ほどなくして鼻先に香りが届いた。

「あのね」

母が紅茶を注ぎ終わるのを待って、メリナはドレスをぎゅっと掴んで言った。

「前髪を切ってほしいの」

他人の視線を気にしないよう、自分の心を守るために伸ばしていた前髪。

しかし、気づいてしまった。人と向き合いたくないがために、顔を隠すようにして前髪を伸ばすのは、相手を拒絶するのと一緒なのだ。メリナは、もっとクラウスやルリアーナの顔をはっきり見たかった。クラウスのいろんな表情が見たい、身分を気にせずお茶会に誘ってくれたルリアーナの気持ちに応えたい。少しでも親しくなりたいと思うのなら、自分も変わる努力をしたいと、心が変わった。

「……お願い……できる？」

一瞬、ほんの一瞬だけ母の動きが止まったような気がした。

母は、ゆっくりとティーポットを置き、顔を上げる。その表情も、この前髪が邪魔ではっきりとは見えない。

ああ、自分はどれだけ母の表情を見逃してきたのだろう。

そう思うと、申し訳なさで胸が押しつぶされそうになった。だからといって、ここで俯いてしまえば、余計に見えなくなる。メリナは必死で顔を上げていた。

　すると。

「……ッ」

　近づいてきた母に、抱きしめられる。

「ええ、もちろんよ」

　母の、嬉しそうな声が聞こえて、メリナもまたその背中に腕を伸ばした。

「ありがとう、お母さま」

「そういうことなら、早速始めましょう」

　そう言って、母はメリナを腕の中から解放した。

　メリナを近くの椅子に座らせ、母はぱたぱたと慌ただしく部屋の中を走り回る。

「確か……、以前いただいたものが……」

　そんなことを言いながら、母は引き出しの中に手をつっこんで何かを探し始めた。母は、いろいろな仕事を転々としていることから、そこで使い古されたものをよくもらってくることがあった。いつ、なんどき、使うことがあるかもしれないから、という精神のもと、もらってはひっそりと備えているらしい。貧しさからくる、知恵だったのだろう。

「あー、あった、あった！　あったわよ、メリナ！」

母が手にしたのは、剃刀《カミソリ》だった。

「死体洗いの仕事で、ご家族からひげそりを頼まれることがあったの。そのときに使っていたものだけれど、今でも使えそうだわ。……んー、ちょっと錆《さ》びているけれど、なんとか使えそうね」

うんうん、と頷いた母が、メリナのそばへやってくる。一旦、剃刀をテーブルに置き、ハンカチーフを広げると、端をメリナの首の後ろで結んだ。

「さ、じゃあやりましょうか」

「よろしくお願いします」

メリナは目を閉じ、目の前にいる母にすべてを委ねた。

「……今日、上の空だったのは、このことを考えていたの？」

剃刀の刃をうまく使って前髪を切る音とともに、母のやわらかな声が混ざる。

「あ、えと」

違うのだが、あながちそうでもない。

メリナは考えた末に、こう答えた。

「一昨日出会った人が、瞳の色を褒めてくれて……その人のことを考えていたの」

「そう」

「それにね、今日は別の方に顔を隠すのはもったいないって言われたのよ」

「まあ」

「私、そんなこと言われたの初めてで……、びっくりして……。でも、その方とお話をしていたら、もっともっと彼女の顔が見たくなったの。それにはこの前髪が邪魔で、それで初めて、私は人と向き合うことから逃げていたのかなって……」

「そう……。メリナは、その子と友達になりたいんだ」

穏やかな声が、メリナの心にすっと入る。

「うん。……そう思える人と、出会えたの」

「そっか。いい出会いをしたのね、メリナ」

「……うん」

「私はてっきり、恋でもしたのかと思ったわ」

「恋？」

「寝ても覚めてもその人のことばかり考えて、まるで世界が変わったかのようになるの」

母の話を聞きながら、心臓が大きく高鳴った。

その感情には身に覚えがあったからだ。

「でも、今の話を聞いたら違うみたいね。今日は、どこもかしこも恋の話をしていたせいで変に考えていたようだわ」

「恋の話?」

「そうなの。なんでも、敷地内で逢瀬をしていた男女がいたんですって」

「え?」

「今日はその話でもちきりで、私の話をまじめに聞いていた人がどれだけいたか……。ああ、今になって心配になってきた」

そう言えば、昨日クラウスは『変な噂が立ったらすまない』と謝っていたのを思い出す。まさか本当に噂になっているとは思わず、メリナは内心驚いていた。

そもそも、彼は何者なのだろうか。

ふと浮かんだ疑問に、考え込みそうになったところで名前を呼ばれた。

「メリナ?」

思考が途切れ、我に返る。

「え? あ、うん。大変だったのね」

「ええ、本当に」

ため息をついた母が、少し離れる。

「はい、終わり。ちょっと待ってね……」

　母が足音を立てながら、いそいそと部屋の中を歩き回っているのが聞こえて、自然と口元が緩む。前髪が軽い。額のあたりが妙にむずむずする。母が顔についた髪の毛を、丁寧にハンカチーフで払い落とし、首にかけたハンカチーフも取った。いろいろとしてくれているようだが、メリナにはどうなっているのかわからない。

　黙って、そのときを待った。

「お待たせ。いいわよ、メリナ。目を開けて」

　母の声に導かれるようにして、目を開けた。

「……ッ」

　母の持つ手鏡の中に、自分が映っている。

　青い瞳が見開かれ、驚きを露わにしている自分の顔がそこにはあった。しかし、それ以上に視界が広いことに驚く。明るく、はっきりとした視界。

　メリナはすぐに母を見上げた。

「どう？」

　嬉しそうに微笑む母の表情が、はっきりと見える。

　昔、メリナに微笑みかけてくれた母は、今も変わらずメリナのそばにいた。自分から、知らぬ間に遠ざけてしまった母の笑顔をまた見ることができて、胸があたたかくなる。

「お母さまの顔が、はっきり見えるわ。……嬉しい」

感極まったメリナは、傍《かたわ》らに立っている母へ抱きついた。

「……前髪の長さを聞きたかったのに……、もう、この子は」

母は手鏡をテーブルに置き、メリナの頭を撫でてくれる。

「ありがとう、お母さま。気に入ったわ」

顔を上げて母へ礼を言うと、母もまた嬉しそうに微笑んでくれた。

「どういたしまして。私のドレスについた髪の毛、あとで一緒に払い落としてね」

「ああッ」

「大丈夫よ。そんなに量は多くないから」

「……ごめんなさい」

「いいのよ。……たまにうっかりさんで、いつまでも子どもだと思っていたけれど……、そうね、もう恋をしてもおかしくないのよね」

メリナの頭を撫でて感慨深そうに言う母に、首をかしげる。

母は、少し離れてメリナの前に膝をつき、視線を合わせた。

「ねえ、メリナ」

「はい」

「結婚って、どう思う?」

突然の一言に、頭が真っ白になりかける。

「け、結婚……です、か……?」

「ええ」

真剣な表情で問いかけてくる母に、メリナはまばたきを繰り返す。母にどんな意図があってこの話をしているのかはわからないが、問いかけには答えなければならない。

「……その、いい、と……思います……けど」

「そう。そうよね。そういう歳だものね」

メリナの手を握り、母は、うんうんと頷くのだが、何を納得しているのかはわからなかった。

母に質問の意図を訪ねようとしたところで、

「私ね、ウィンランド伯爵さまに求婚されたの」

メリナは、完全に自分が何を言いたいのかを忘れてしまった。

第三章　変わりゆく、環境

メリナは、今日も王立図書館にいた。

今日は月に一度の本棚の整理をする日だ。しかし、相変わらず、気もそぞろだった。昨日とは違うため息がこぼれ、さすがに動揺が隠せない。メリナは、手にしていた最後の一冊を本棚に差し込み、カートを押して次の棚へ行こうとした。

そのとき。

「メーリナ」

後ろからぎゅっと抱きしめられ、甘い声が届く。

メリナが驚いている間に、背後にいる人物が前に回り込み、顔を覗かせた。美しい金糸の髪がさらりと流れ、妖精のように現れたルリアーナが、かわいらしい微笑みを浮かべ――、驚きに目を見開く。

ああ、なんてかわいいのだろう。

ルリアーナの表情が、くるくる変わる。それをはっきりと見ることができて、とても嬉しかった。自然と口元が緩んでしまうのだが、どうしたの、と言わんばかりにルリアーナに両頬を両手で挟まれ、引き寄せられる。

「メリナ、もっとよく顔を見せてちょうだい！」

眼前にルリアーナの真剣な顔が近づく。

まじまじと顔を見るルリアーナを、メリナもまたまじまじと見つめた。こんなに近い距離で見られるものではない。なんて役得なのだろう。ルリアーナの顔をたくさん見たいと思っていた矢先に、こうして機会を得られるなんて幸運、考えてもみなかった。

「……とても幸せそうだけれども、何かあった？」

「ルーシェさまを見てますから」

「……わたくしを見ると、幸せになるの？」

「ルーシェさまのお顔を、もっと見たいと思っておりましたから」

にっこり微笑むメリナに、ルリアーナの顔が一瞬にして朱に染まる。メリナの頬を放し、その手で自分の顔を覆った。

「ルーシェさま……？」

「恥ずかしいわ。とてもとても、恥ずかしい。それでは、わたくしの顔が見たかったから、前髪を切ったと言っているようなものよ」

「……そう、ですね。ルーシェさまに、もったいない、と言われてから、確かにルーシェさまのくるくる変わるお顔を見られないのは、とてももったいないな、と思いました」

「メリナ、そうじゃないわ。そういう意味で言ったわけではないの……ッ」

「私、間違えてしまったのでしょうか……。ルーシェさまの喜ぶ顔をもっとたくさん見たかったのですが……」

すると、ルリアーナが顔を覆っていた手を退けて言った。

「十分、喜んでいるわ！」

はっきりと、それはもう主張してくれた。

それが嬉しくて、メリナはほっとする。

「ああ、よかった……。私も、ルーシェさまの喜ぶお顔が見られて嬉しいです」

素直な思いを口にしながら、自然と顔が緩んでしまう。子どものように無防備な笑みを浮かべたメリナに、ルリアーナは大きく息を吐いた。

「……もう、メリナを喜ばせたくて時間を作ってきたというのに、わたくしのほうが喜ばされてしまったわ」

「そうなのですか？」

「そうなの。ねえ、メリナ、今、大丈夫？　お邪魔じゃない？」

気を取り直したルリアーナが、メリナを見る。メリナはそっとカートの中を見て、残りの本を確認した。残り、一冊。これぐらいなら、話が終わってからでも問題ないだろう。

「はい、大丈夫ですよ。ここだと座る場所がないので……、あ、あそこの隅にソファがありますから、そこでどうでしょうか」

「ええ、そうしましょ！」

嬉しそうなルリアーナと一緒に、メリナはその階にある隅のソファへ移動した。

本が読めるように至るところに置かれているソファは、年代もデザインも形もすべて違うものが多い。メリナが気に入っている、王家の棚のそばにある寝椅子もそうだ。なんとなくだが、椅子は本棚に並べられている本の雰囲気や、場所によって配置されている——ように、メリナには見えた。

メリナは、ルリアーナともども、二人がけのソファに並んで座った。互いに、かすかに身体を向き合わせるようにして、視線を合わせる。さっきは彼女の表情しか見ていなかったが、こうしているととても新鮮だ。すると、ルリアーナが恥ずかしげに頬を染める。

「……メリナ。そんなに見られると、恥ずかしいわ」

「ふぁ。も、申し訳ございません」

メリナは咄嗟に顔を両手で覆った。

「昨日よりも、はっきりとルーシェさまが見られるので、嬉しくてつい……」

「ああ、もう……。メリナといると、なんだか心が裸にされるみたいだわ」

「……すみません」

「ああ、違うの」

なんとなく、ルリアーナの声が近いと思ったら、顔を覆っていた手首を捕まれ、そっとどけられる。眼前に、ルリアーナの顔が迫っていた。

「わたくしが、わたくしでいられるって意味よ」

穏やかに微笑むルリアーナが、どことなく嬉しそうに見えた。

「それは、わたくしにとってとても大事なことなの。だから、ね。顔を隠さないでいいわ。恥ずかしいのは確かだけれども、わたくしもメリナの顔が見られないのは寂《さび》しいから」

「……ルーシェさま」

「うん、やっぱりメリナは綺麗だわ。かわいい」

そう言ってにっこり笑うルリアーナのほうが、よっぽどかわいい。妖精のような愛らしさ、身分を越えて微笑みかけてくれる優しさ、その清らかな心が愛しいと思った。

「ありがとう、ございます」

「ふふ。メリナの頬、真っ赤」

ルリアーナは、嬉しそうにメリナの頬をつつき、昨日のようにぎゅっと抱きしめてくる。

「はぁああ、すごい。メリナと一緒にいると、わたくしとっても心が安らぐわ。お兄さまとは大違い」

「……お兄さま……？」

「そうなの。顔を合わせれば、王族としての振る舞いをねちねち言うし、ドレスの色にも口を出すのよ？　ほんっと、息が詰まるわ。……ご自分だってご公務が大変で、寝る時間もほとんどないっていうのに、わたくしのことを本当に、ほんっとうに気にかけて……。もっとこう、ご自分の幸せを考えたりしてほしいものだわ」

どこか語気を強めて話すルリアーナだったが、その言葉の端々には心配がにじみ出ていた。

ルリアーナが兄を想《おも》う気持ちを言葉の裏に感じて、メリナの頬が緩む。

「ルーシェさまは、お兄さまが大好きなのですね」

そう言うと、彼女は勢いよく顔を上げ、メリナを見た。

「ちょっとメリナ、わたくしの話を聞いていた!?」

少し頬を染めたルリアーナに、メリナは微笑まずにはいられない。

「ちゃんと、聞いておりましたよ」

「……もう……メリナといると、調子が狂うわ」

毒気を抜かれたような苦笑を浮かべ、ルリアーナはメリナから離れる。

「……わたくし、早く結婚して、あの城から出たいの」

うつむき加減で、ぽつりとこぼしたのは、ルリアーナの心の内だった。

「だから、早く夜会でお披露目《ひろめ》してもらいたいのに、お兄さまったら『まだ早い』と言って、わたくしを子ども扱いするのよ。もう十七にもなったのに、これではいつまで経っても城から出られないわ」

ため息とともに漏れる憂いを聞き、メリナは彼女の手をそっと両手で包み込む。

「差し出がましいことを言うようですが……。だから、ではないでしょうか」

顔を上げるルリアーナに応えるようにして、メリナは頷く。

「ルーシェさまのお兄さまは、ルーシェさまに、ちゃんと人を好きになってから嫁いでもらいたいのかもしれませんよ」

「……好きに？」

「はい。……少し話が変わってしまうのですが、実は昨日、母から求婚されたという話を聞きまして」

「まあ」

「最初は困惑していたのですが……、よくよく話を聞くと、母もお相手のことを好きだったようで……。でも、もし、あそこで母が私のために再婚を決めたと言ったら、私はきっと反対していたと思います」

「……」

「母は、私のためにたくさんの苦労をしてきました。幼い私を孤児院に預けて、自分は再婚することだってできたのに……、それをせず、ここまで女手ひとつで育ててくれました。だからこそ、お母さまには幸せになってもらいたいのです」

「では、メリナは……」

「ええ。母の再婚を祝福しました」

　にっこり微笑むメリナに、ルリアーナもほっとした様子だ。

「……そう。そう、ね。わたくしも……、お兄さまがわたくしのためにと、心ない結婚を決めたのなら、確かに怒って反対するかもしれないわね。……でも、わたくしたちは、王家に生まれた者。それが当然として教えられているわ。ましてや恋なんて……」

　視線を落とすルリアーナに、かすかに落胆が見える。

　身分が高ければ高いほど、婚姻にまつわるしがらみは多い。貴族の父と結婚をするときに大変だったという話を、メリナは母から聞いて知っている。それが王族ともなれば、さらにしがらみが強まるのは当然のことだ。

それを、ルリアーナの兄は嫌というほど知っているのだろう。

「だからこそ、ルーシェさまには心を求めたのではないでしょうか」

「……ご自分が、恋をすることができないから?」

「かも、しれませんね」

本当のところは、本人に聞かなければわからない。

しかし、ルリアーナは何か思い当たることがあったのだろう。ルリアーナの瞳に、みるみる涙が浮かんでくる。

「だとしたら、ご自分こそ、ご自分の幸せを考えてほしいものだわ。わたくしのために」

少し怒ったように言うルリアーナが、目元の涙を指先で拭う。メリナは、ルリアーナの涙に隠された兄妹の絆が見えた気がした。

「ルーシェさまのお兄さまも、ルーシェさまのことが大好きなのですね」

「……普段、とっても厳しいのよ?」

「それはたぶん、愛情の裏返しというやつですよ、きっと」

「もう、メリナにかかったら、お兄さまがただの過保護に思えてきたわ」

顔を見合わせて微笑み合うと、その笑顔に心がじんわりとあたたかくなった。

やはり、ルリアーナはこうでなくては。

見ている者を幸せにさせる笑顔が、ルリアーナにはある。彼女の憂いが、少しでも晴れたのなら、メリナも本望だった。

そこへ、夕刻を知らせる鐘が鳴り響く。

気づけば陽の光も入らなくなり、あたりが薄暗くなってきていた。

「やだ、もうそんな時間⁉」

ルリアーナは何かを思い出したようにメリナの手を離し、傍らに置いていただろう封筒を差し出してくる。首をかしげるメリナに、彼女は口早に言った。

「昨日約束した、お茶会の招待状。今日は、これを渡しにきたの。受け取ってくれる？」

様子を窺《うかが》うようなルリアーナの瞳を前に、メリナは微笑んだ。

「もちろんです」

喜んで招待状を受け取ったメリナに、ルリアーナがほっと息を吐く。

「ああ、よかった。これを渡しにここまできたのに、渡さずに戻ったら、身代わりになっているシェリルに申し訳がたたないところだったわ」

一瞬、何を言っているのかよくわからなかったメリナに、ルリアーナはシェリルをからかうときのような表情で続けた。

「ふふ。さすがに王女がそう頻繁にいなくなるのはまずいから、今日はシェリルに身代わりを頼んで、お忍びできたの。夕刻の鐘が鳴る前に戻る約束をしていたのだけれど、すっかり忘れていたわ」

そういえば侍女のシェリルを連れていないと思っていた。が、そういう理由でこの場にいないなんて思わなかった。シェリルの置かれている状況とルリアーナの様子を見て、メリナは動揺する。

「お、お忍びというのは、まさかおひとりで……!?」

「まさか。さすがにそれは危険だから、知り合いの騎士に護衛を頼んでいるの。たぶん、このあたりにいるんじゃないかしら……ああ、ほら、そこの本棚。手を振っているでしょう？　あそこにいるわ」

すぐそこの本棚から、にょきっと現れた手が上下に振られる。その姿は見せないが、ちゃんとここにいるのだと安心させようとしてくれた。メリナは突然現れた手に驚きながらも、ちゃんと近くにルリアーナを守る人がいることに胸をなでおろす。

うっかり王族であることを忘れかけそうになるぐらい気さくで、話しかけやすいといっても、ルリアーナは王女で、この国の要人《ようじん》だ。

あまり危険なことはしてもらいたくない。

なんとなく、彼女の兄が過保護になる気持ちが、わかるような気がした。

「じゃあね、メリナ」

立ち上がったルリアーナが、綺麗な挨拶《カーテシー》をする。

「大丈夫ですか？」

「たぶん。王城からここまで、秘密の抜け道があるのよ。それを使えば、どうにかかね」

「では、シェリルさまに、よろしくお伝えください。お気をつけて」

それを最後に、ルリアーナは早足で騎士のいるだろう本棚のほうへ駆けていった。きっと今頃、シェリルは気が気ではないはずだ。せめて鐘が鳴り終わる前に、ルリアーナが城へ辿《たど》り着《つ》くことを祈るしかない。

メリナは立ち上がり、ルリアーナから直々《じきじき》にもらった招待状を落とさないようカートに置き、最後の一冊を戻す本棚へ向かった。これさえ終われば、メリナも宿舎へ戻れる。カートを押す音が周囲に響く中、メリナは目的の本棚で最後の一冊を所定のところへ差し込んだ。

これでよし。

確認するように頷いたメリナが、カートに手をかけた――そのとき。

「……ッ!?」

カートの先、薄闇に紛れた人影が目に入る。

心臓が止まりそうになるほど驚いたメリナの前で、その人物はカートの中をまじまじと覗き込んでいた。何を、と思ったところで、そこにルリアーナからもらった招待状があることを思い出す。

「あ、あの」

小さく声をかけると、黒い影がゆっくりと顔を上げる。顔はよく見えない。しかし、視線が自分に移ったことで、メリナは招待状に手を伸ばし、そっとそれを自分の胸に抱いた。

「……何か、ご用でしょうか……？」

恐る恐る話しかけるメリナに、黒い影はカートを押しのけて近づいてくる。突然のことに身体が反応して、後ずさった。黙って自分に迫ってくる男とも女とも知れない小柄な人間を前にしたら、誰だって恐怖を覚える。相手との距離を取りつつ、メリナは一歩、また一歩と後ずさりをした。

逃げたくても、逃げられない。

彼の背後に、このフロアから一階へ通じる唯一の階段があるからだ。メリナは逃げ道を塞《ふさ》がれ、どんどん奥へと誘導されていた。

「ど、どうされました……？」

「……して」

しわがれた男の声が、すがるように言う。

「どう……して……、……どうして、孫の求婚を断ったりするのですか……」

身に覚えのないことを言われて、メリナは困惑する。

「求婚なんて、私」

「どうしてですか、ルリアーナさま……ッ」

そこで初めて、メリナはルリアーナと間違えられていることに気づいた。

いくら薄闇とはいえ、ルリアーナとメリナを見間違えることはないはずだ。体格も違えば顔も違う。しかも、国王を知らないメリナとは違い、王都にいる人間はルリアーナを目にする機会がたくさんあるだろう。いくら夜会でのお披露目がないとはいえ、だ。

「ひ、人違いです。私はルリアーナさまではありません！」

「ああ、どうしてそうつれなくされるのです……。その封蠟《ふうろう》は、ルリアーナさまのものではありませんか。昨日だって、ルリアーナさまの侍女であるウィンランド伯爵令嬢を従えておりました」

確かに、彼の言うとおりシェリルと一緒にいた。

しかしそこには、ルリアーナも一緒にいた。彼には、彼女の可憐《かれん》な姿が見えなかったのだろうか。だとしたら、メリナの身長でルリアーナが隠れてしまったのかもしれない。見る角度と場所によっては、そう見えてしまう。

「た、確かに昨日、シェリルさまと一緒にいましたが、私はルリアーナさまではありません。人違いをされておいでです」

「ルリアーナさままで、私の目がだめだとおっしゃるのですか……？」

「いいえ、そうではなく……」

「私は見た、見たんだ！」

突然の怒号に、メリナは身をすくめた。

これ以上は、話を聞いてもらえそうにない。

そう、直感が告げている。

「……ッ、ごめんなさい！」

メリナはそれだけ言うと、くるりと踵を返して走り出した。もうあと少しで図書館が閉まる。今の怒号は館内にかなり響いた。きっと、管理者が気づいてくれるだろう。それまでの間、メリナはただ逃げればいい。そう思い、本棚の間をすり抜け、男の視界からまず消えた。隠れるように本棚にぴったりと背中をつけ、呼吸を整える。老人の足ならばそんなに速くもないと安心していた――、のだが、突然腕を捕まれ、悲鳴をあげそうになった。

「どこへ行かれます。まだ、まだ話は……」

闇に浮かぶ虚《うつ》ろな目が、さらに恐怖を煽る。

もう、限界だった。

怖い。

「いやぁ……ッ！」

メリナは悲鳴を上げ、男の手を力任せに振り払った。

とにかく逃げなければ。立ち止まってはいけない。

相手は老人だ、全力で走れば捕まらないはず。

（……腕が……ッ）

老人に掴まれたところが、じんじんと痛みを増す。年齢を感じさせないほどの力に、また恐怖が大きくなった。先程まで陽の光が届いていた館内はすでに暗い。今の悲鳴で管理者が気づいてくれればいいのだが、もし気づかなくても、もう少しもすれば、見回りの時間だ。確実に管理者はここへくる。

メリナは、それまで身を隠そうと、いつもの寝椅子へ向かった。

闇に覆われていく館内で、自分の存在も呑《の》み込まれていく得体のしれない恐ろしさと、話が通用しない者に追いかけられる恐怖に耐えながらも、懸命に走った。息が苦しい。ドレスの裾が足にまとわりつく。片手で胸に招待状を抱き、片手でドレスの裾を上げているのだが、その手も疲れた。滅多《めった》に走らないせいで足も疲れ、もたつき始める。それでもメリナは、懸命に恐怖と対峙《たいじ》した。

あともう少しで寝椅子のそばだ。

目の前にいつもの寝椅子が見え、恐怖よりも安心が勝った——その瞬間。

「……ッ⁉」

闇の中から現れた腕が、メリナの身体に絡みつく。

あっという間に強い力に引き寄せられ、闇の中に引きずり込まれた。助けを呼びたくても恐怖で喉が凍りつき、声が出せない。あまりの恐怖に、自然と溢れた涙が頬を濡《ぬ》らしていく中、本棚に背中を押し付けられる。

「やめ、や、ちが、違います、私、ちが……ッ」

泣きながら混乱を露わにつぶやくと、正面からあたたかなぬくもりに包まれた。

「しー、しぃ、……メリナ、いい子だから、大丈夫……、大丈夫……」

耳元に落ちた声が、水面に波紋を立てる雫《しずく》のようにメリナの心に届く。背中に回った手は、メリナを落ち着かせるように優しく叩いた。とんとん、と。

「……そう、ゆっくり呼吸をして……、俺の声を聞いて……」

大丈夫だと、彼の声や手、ぬくもりすべてが教えてくれる。

　メリナがゆっくりと息を吸い込むと、――彼の匂いがした。

「……クラウス……さま……」

　記憶に残っている声と匂いの主の名を紡ぐ。

「ああ」

　その一言に、恐怖で覆われていたメリナの心は一瞬にして安心に染まった。ほろほろと新しい涙が溢れ、クラウスの背中に腕を回し、離れたくないとしがみつく。

「……うん、うん、いい子だ。でもまだ、もうしばらくおとなしくしててくれるか」

　優しい囁きに、メリナはただ黙って頷いた。

　自然と溢れてくる涙で嗚咽《おえつ》が漏れてしまわないよう、必死にクラウスの胸元に顔を押し付けて声を殺す。その努力ができたのも、クラウスの腕の中にいたからこそだった。これがひとりだったら、メリナは耐えられなかったかもしれない。

　クラウスの腕の中で、ひとしきり声を殺すことに集中していたせいで、周囲の音は聞こえなかったが、しばらくして彼の腕から力が抜けた。

「……もう、大丈夫だ」

　メリナはもう少しこうしていたかったのだが、さすがにそういうわけにはいかない。

　ゆっくりと彼の腕の中から解放され、メリナは涙でぐしゃぐしゃになった顔を上げる。それを見たクラウスは苦笑を浮かべ、目元の涙を指先で拭ってくれた。

「先程、ここの管理者の話し声が聞こえた。たぶん、もう館内に俺たち以外は誰もいない」

それを聞いて安心したのだろうか、メリナの身体から一気に力が抜けていく。クラウスの胸元にもたれかかるメリナを支えるように抱き止め、彼は言った。

「……とりあえず、移動しよう」

クラウスはメリナの膝裏と背中に手を添えて、軽々と彼女の身体を抱き上げた。しばらく歩いた彼が腰を下ろし、メリナを膝の上に乗せる。小さな天窓から、かすかに届く月の光が照らす寝椅子にメリナたちはいた。

顔を上げたメリナの目元を、クラウスがそっと指の腹で撫でる。

「何があった……?」

気遣うように問いかけてくる優しい声に、また泣きそうになった。それをぐっと堪え、メリナは震える声で答える。

「……間違えられ……ました」

「誰に?」

「……ルリアーナさま、に」

メリナは、胸に抱いてぐしゃぐしゃになっている封筒をクラウスに見せた。

「たぶん、この封蠟を見て、勘違いされたんだと……思います。あの人は、私をルリアーナさまだと言って、どうして孫の求婚を断ったのかを、聞いてきました。……何度、違うと、人違いだと言っても聞いてもらえず、逃げることしかできませんでした……」

安心だとわかっても、すべての恐怖は拭《ぬぐ》えない。震える身体で一生懸命説明するのだが、たどたどしくなってしまった。それでも、クラウスは急《せ》かさず、メリナを落ち着かせるように、背中を撫でてくれた。そのおかげか、少しずつ震えが収まっているような気がする。

「……知っている者か？」

「いいえ。……まったく知らない方でした……」

「……そうか」

「でも、よかったです」

「何が？」

「ルリアーナさまが、こんな怖い思いをせずにすんで」

そう、心から思った。

「……本当に、本当に……、よかった……」

安堵《あんど》から溢れた涙が眦《まなじり》を伝い落ち、メリナの頬を濡らす。

「私、直前まで……、ルリアーナさまと会っていたのです……。ああ……、もしかしたら、あの人、ルリアーナさまの後をつけていたのかもしれません。でも、どうして手紙を持つ私をルリアーナさまだと勘違いされたのでしょうか……。わからないことだらけです。でも」

「……」

「ルリアーナさまがご無事なら……、それでいいのです」

それで、よかった。

メリナがクラウスに泣きながら微笑むと、彼が横からぎゅっと抱きしめてきた。

「……クラウスさま……？」

答えはない。

さっきは恐怖のあまり抱きついてしまったが、こういうとき、どうしたらいいのかわからなかった。しかも膝の上にいる分、目線が少し高いせいか、少し落ち着かない。

「………あの、さっきは、助けてくださってありがとうございました」

「……」

「そういえば、クラウスさまはどうしてここに？」

ふと浮かんだ疑問を口にしたら、クラウスがゆっくりと話し出す。

「………少し、ひとりで考え事をしたくてな。そうしたら、メリナの叫び声が近くで聞こえて……、心配で捜していたんだ」

「……そう、だったんですか。では、私は考え事の邪魔をしてしまいましたね」

申し訳なさそうに言うと、クラウスが顔を上げる。

彼はメリナの頤《おとがい》に手をかけ、親指の腹でそっと彼女の唇を撫でた。触れ合うところから生まれた甘い熱に導かれるようにして、メリナはクラウスに顔を向ける。

天窓から差し込まれた月の光に照らされて、クラウスの顔が見えた。

前髪が短くなった分だけ、はっきりと。

「問題ない。答えはもう出た」

優しい声とともに甘やかに微笑《ほほえ》まれ、心臓が大きく高鳴る。突然、頬に熱がこもり、説明できない緊張と羞恥に襲われた。クラウスを見ることも、彼に見られることも恥ずかしくて、メリナはとうとう視線を逸《そ》らして俯いてしまう。

「……メリナ？」

どうした、と問いかけるクラウスの声に、心臓がおかしくなってしまったように鼓動《こどう》が激しくなる。身体が熱くてしょうがない。まだここでこうしていたい気持ちとは裏腹に、早く彼のそばから離れたくなる。

一体、どうしてしまったというのだろうか。

顔が上げられない。

「どうした？」

ふるふる、と首を横に振る。

「……しかし、このままでは顔が見られない。せっかく前髪が短くなったんだ、もっとちゃんと見せてくれないか？」

ああ、だめだ。おかしくなってしまいそうだ。

懇願《こんがん》するようなクラウスの声に、メリナは頭がくらくらした。どんどん熱が上がっていくのがわかる。羞恥《しゅうち》からか涙が浮かび、よけいに顔を上げられない。

「あ、あの、重くないですか……？　私、そろそろ」

膝から下りようと身じろぐメリナを、クラウスが抱きしめることで止める。

「大丈夫。……だから、まだここにいてほしい」

耳朶《じだ》にクラウスの切ない声と吐息がかかり、小さく肩が震えた。泣きたくなるような気持ちで胸がいっぱいになると、メリナはたまらず膝に置いた手を握りしめる。

「……だめ、だめです。離してください」

「メリナ？」

「私、これ以上、クラウスさまと一緒にいられません」

「……何かあったのか？」

「いいえ、いいえ。何もありません。何も……ッ。でも、だめなんです」

「では、俺とこうしているのが嫌なのか」

メリナは首を横に振って、否定した。

そしてたまらず、顔を上げてクラウスを見る。

「好きです」

眦から溢れた涙が、頬を伝い落ちていく。言葉にならない思いで胸がいっぱいになっていき、メリナ自身も自分の感情がうまく扱えない。

「好きだから、だめなのです……」

ぽろぽろと、溢れる涙が止まらない。

「私、クラウスさまにお会いするたび、ずっとクラウスさまのことばかり考えてるんです。こうしているだけで安心するといいますか、とても離れがたい気持ちになります」

泣きながら言うと、クラウスはメリナの頬を覆い、指先で目元の涙を拭ってくれた。

「……それの、何がいけない？」

「離れられなくなります」

「うん、どうして離れる必要がある？　一緒にいたいなら、いればいいだろう」

メリナは小さく首を横に振った。

「……私の母が、もうすぐ再婚するんです」

今日はルリアーナに会うまでずっと、そのことを考えていた。

「母の再婚相手というのが、……その、身分のある方で……、その方は領地を持っております。結婚後、母は伴侶としてその方を支えることになるでしょう。私は母がいるから、特例としてここで働かせてもらっているので……」

「メリナも、ここを出ていくことになるのか」

「……はい」

それが、少し寂しかった。

ルリアーナにも言ったが、メリナは母の結婚を心から祝福している。その気持ちに嘘はない。

だが、せっかく慣れてきた仕事や、クラウスと出会ったお気に入りの場所が、自分の日常からなくなるのだ。それに、王都を離れたら、王族のルリアーナにはそう簡単に会えないだろう。

クラウスの顔を見ることだってできない。

そう思うと、胸が張り裂けそうだった。

「……まだ、求婚された段階ではありますが、母は今日にでも、相手の方に結婚の申し出を受ける手紙を出すと言っていました。数日中には、再婚が決まります。……私、お別れの準備をしなければいけません」

「そこに、俺も入っている、と？」

「…………はい」

苦笑するメリナを、クラウスは優しく抱きしめた。

「……クラウス……さま？」

「これ以上一緒にいると、別れが辛《つら》くなるから……離れたいのか」

メリナは頷いて応えた。

「なるほど。それだけ、メリナが俺のことでいっぱいになっていると思うと、余計に離したくないな」

ぎゅ、と抱きしめる腕に力がこもり、メリナは身動きが取れない。

「クラウスさま⁉」

「しょうがないだろ。メリナの話では、もう二度と会えないのかもしれないんだから」

そう言われてしまうと、胸が痛み、何も言えなくなる。

できることなら、時間の許す限りクラウスと一緒にいたい。

その気持ちが、どんどん大きくなっていった。

「……でも、でも、私は」

「メリナはまだ、誰のものでもないのだろう？」

優しい声が、メリナの心に入ってくる。

「今、ここにいるメリナは、俺の知っているメリナだ。ここで出会ったメリナのままだ。だから、心はまだ自由でいていいと思うんだが、どうだろう？」

そこまで言われて、はい以外の返事をすることはできなかった。メリナは頷き、クラウスに自分の頬を擦《す》り寄せる。クラウスは、メリナの頭を優しく撫でてくれた。

「ん、いい子だ」

「……クラウスさまは、人の心を変える力を持っているのですか？」

「メリナが素直なだけだよ。……まあ、もしメリナに縁談の話があるということであれば、あまりこうしているのは、よくないんだがな」

クラウスの口から飛び出た言葉に、メリナは首を傾げる。

「縁談……、私にですか？」

「ああ」

「そんな話ありませんよ？　どうしてそんなこと……」

「いやなに、身分ある相手と母君の再婚ともなると、メリナも令嬢になるわけだろう？　そうすると、やはりメリナにも縁談という話も出てくるのではないか、と思ってな」

「……確かにそうですね」

ふむ、と納得したメリナだったが、すぐにクラウスの言葉が蘇《よみがえ》った。

確かに、よくない。

メリナは寄り添っていたクラウスから、離れた。

「い、いけないのでは⁉」

「……何がだ？」

きょとんとするクラウスに、メリナは落ち着けないまま言う。

「み、未婚の男女がこうしているのは、クラウスさまがおっしゃったように、よくないのではないかと……、そもそも、そうですよ。この学校にいるということは、クラウスさまは身分のある方ですよね？　それこそクラウスさまは私と一緒にいてはいけない気がします……！」

慌てるメリナに、クラウスはきょとんとした。

「…………いまさら、俺の身分の話をするのか？　この状況で？」

「すみません。身分のある身だと、今思い出しました！」

誰だってわかるようなことを今の今まで気づけなかった、気にもしなかった自分が恥ずかしい。頬を染めて叫ぶように言ったメリナに、クラウスは突然笑い出した。

「っふ、ふは、ははッ。……くッ、ふふふッ。……あー、だめだ。本当にだめだ」

メリナの肩口に額を押し付け、クラウスは肩を震わせて笑う。

「まいった、メリナの中で、俺は本当にただのクラウスだったんだな」

「…………すみません。本当なら、こんなふうに膝の上に乗ったりしてはいけない方なのに……、貴族の御令息だとわかっていたのですが……、どうにも、こう、一緒にいると忘れてしまいがちに……」

「構わないよ。俺も、そのほうが落ち着く」

「……うぅ、すみません」

「何度謝ったら気がすむんだ」

笑いながら言うクラウスを見ていたら、胸がきゅぅと甘く締め付けられる。

すると、クラウスの手がメリナの頬を覆う。ゆっくりと、肌の感触を確かめるような手つきで、彼はメリナの頬を撫で、唇をなぞった。その甘やかな仕草に、肌がざわつく。

「……俺に、特定の相手はいない」

「でも、お話は……くるんですよね？」

「身分があるから、それなりにな」

「……大変ですか？」

「随分と、興味津々《しんしん》だ」

楽しげに、クラウスは言った。

「……だって、恋も知らない私に、縁談がくるかもしれないなんて……、全然実感がわかないんです。昨日だって、母から恋を……」

恋をしたのかと思った。

そう言っていた母の声とともに、別の言葉が脳裏に浮かぶ。

『寝ても覚めてもその人のことばかり考えて、まるで世界が変わったかのようになるの』

それを聞いたときは、話題がすぐに流れてしまったせいで、深く考えることはなかったが、今こうしてクラウスを前にしたら、胸が騒ぐ。

「恋を？」

先を促すように、彼の優しい声が続ける。

しかし、なかなか口が動かない。逡巡するメリナの唇をほぐすように、クラウスの指がゆっくりとなぞる。腰骨のあたりがざわつく感覚に肩を揺らし、メリナは口を開いた。

「……恋を、……したのかと思った、と」

言い慣れていないせいか、緊張しているのか、声が震える。

「そう、母君に言われたのか」

「……はい」

「メリナはそのとき、誰を思い浮かべた？」

穏やかな表情で優しく問われ、素直なメリナの心臓が脈打つ。メリナはそっとクラウスの頬を覆い、宝物に触れるようにして撫《な》でた。

「………クラウスさま、を」

思い浮かべた。

素直に、心のままにそう答えると、彼はメリナの手に頬を擦り寄せる。

「……それでもまだ、恋はわからないか？」

したことがないのだから、わからない。――と、メリナは素直に頷いた。

「んー、では、そうだな。嫌だったら、突き飛ばせ」

メリナの首の後ろにクラウスの手が回り、ゆっくりと顔を引き寄せられる。彼の顔が近づき、自分の顔も近づいていくと、吐息が唇に触れ――やわらかな感触が押し付けられた。

一瞬にして、甘い気持ちが胸を占める。

まばたきを繰り返すメリナから唇を離し、吐息が触れ合う距離で彼は言った。

「突き飛ばさなくていいのか？」

「……嫌……じゃない、ので」

「なら、もっとしても？」

その魅惑的な誘いに、心が震える。

本来ならば、断らなければいけないことだと頭ではわかっている。でも、どうして断らなければいけないのか、答えが見つからない。理性が働かない。

それは、メリナも同じ気持ちだから。

彼の言うとおり、今は、今この瞬間だけは互いに誰のものでもないのなら、何も考えずに甘い誘惑を受け入れたいと思った。ああ、心臓が破裂しそうだ。答えることができない。どうして葛藤《かっとう》しているのかさえ、自分でもよくわからなくなってきた。

「黙っていると、勝手にしてしまうよ？」

楽しげに囁《ささや》かれた声が、とても甘い。

腰骨のあたりがざわつき、肩が引くつく。かすかに身じろいだ拍子に、メリナは自分の唇をクラウスのそれに押し付けていた。メリナの唇に、彼が口の端を上げたのが伝わる。咄嗟に離れようとしたが、それよりも早くクラウスの手に力が入り、メリナの動きを封じた。

そして次の瞬間、触れ合わせるだけの唇が深くなった。

「んぅ……ッ」

下から掬《すく》い上げられるようにして、塞がれた唇から声が漏れる。角度を変えるだけで、ぴったりと唇が重なった。触れるところから生まれるしびれるような甘さとやわらかな感触に、自然とまぶたが下がり、唇が開いてしまう。

「ん、んむ、んッ、ん……ぅ」

触れては離れ、離れては触れ。

その感覚が長くなったり、短くなったり。クラウスの唇は、くちづけをしているときの呼吸の仕方も教えてくる。彼の唇が、どうしたら気持ちよくなれるのかを教えるような動きで、メリナの唇を濡らしていった。ぎこちなく固まっていたメリナの唇が、すっかりクラウスのそれを受け入れる頃にはもう、頭が彼でいっぱいになっていた。

気持ちいい。

ときおり溢れる彼の気持ちよさそうな吐息が、メリナの心臓を甘く震わせ、頬を撫でる手のぬくもりが甘い痺れを連れてくる。どこもかしこも甘くて、とろけてしまいそうだ。

ふわふわとした感覚の中、彼の唇が離れていく。

ああ、まだいかないでほしい。

切なさから目を開けたメリナは、寝椅子で仰向けになっていた。いつの間に寝かせられたのだろう。クラウスとのくちづけに溺れていたメリナには知るよしもなかった。

先程まで少し目線が下にいたクラウスに、吐息が触れ合う距離で覆《おお》いかぶさるようにして見下ろされていた。

「……クラウスさま」

自分の声とは思えないほど甘く、彼の名前が周囲に響く。

クラウスは口元を緩ませ、メリナの頬をゆっくりと撫でた。指先が名残惜しそうに離れていくと、再び唇が塞がれる。あの、安心感のあるぬくもりに包まれ、メリナはうっとりと目を閉じた。

ちぅ、ちゅ、ちゅぅ。触れては離れてを繰り返すたびに甘い音が響き、心が満たされる。クラウスが額をこつりと付け合わせ、言う。

「舌、出して」

かすれた低い声に心臓が脈打ち、また身体の奥が疼《うず》いた。

ときおり漏れる彼の吐息やかすかにこぼれる声を聞くたび、メリナの身体は熱を持つ。明らかに、自分の身体が彼に変えられていく。だからといって、離れたいとは思わなかった。もっと触れたい、もっとぴったりと重なりたいとさえ、思う。

「メリナ」

誘うような甘い声に導かれるようにして、メリナはおずおずと舌を差し出した。

「……だめ、もっと」

舌先だけでは満足してもらえず、言われたとおりにもっと出す。

「短いな」

嬉しそうに笑うクラウスにメリナが謝ろうとしたのだが、その前に彼が舌先にくちづけた。次に、食《は》まれる。クラウスに、舌を味わわれているような感覚に陥っていると、メリナの舌は少しずつ彼の口の中へと誘われていった。

あっという間に、彼の舌に絡みつかれる。

「ん、……ぅん、んんッ」

じゅるじゅると、絡みつく舌がメリナのそれを吸い上げる。触れ合うところから甘さが生まれ、気持ちよさから力が抜けていく。さっきまでの、唇を触れ合わせるだけのくちづけとは違う。腰が疼いてしょうがなかった。

「ん、んんッ、ん、ぅ」

クラウスの指先が「そうだ、それでいい」と言うように頬を撫でる。たったそれだけで、メリナの心は無防備になった。彼の与える熱に染め上げられていくような感覚の中、クラウスはメリナの手に、頬を撫でていた己のそれを重ねて、指を絡ませて握り込む。

舌を絡め、指を絡め、そのすべてでメリナをクラウスでいっぱいにさせた。

「ん、んぅ……、んッ」

口の中だけではなく、思考をもクラウスに蹂躙《じゅうりん》され、メリナはすっかり力が抜ける。ほどなくして、絡みついていた舌がほどかれ、ゆっくりと引き抜かれていく。それを追いかけるようにして目を開けたメリナの視界で、クラウスが濡れた唇を舐《な》めていた。

「……も、終わり……？」

吐息混じりの自分の声が、艶を帯びて甘く聞こえる。

言葉の裏に隠した「もっとして」が、彼にも伝わったのだろうか。彼は絡めるようにつないでいた手を持ち上げ、メリナの手の甲にそっとくちづける。さっきまで触れ合っていたやわらかな感触が唇に蘇り、疼いた。

「おいで」

妖艶に微笑んだクラウスが、絡めていた手を離し、力の抜けたメリナの上半身を起こす。今度は彼の足をまたぐようにして、メリナを膝の上に座らせた。向き合ったメリナに微笑み、クラウスは身体の向きを変えるようにして両足を寝椅子へ乗せ、クッションのあるほう、さっきまでメリナが横になっていたところへ、彼女ともども背中から倒れていく。

今度は、メリナが彼の上になっていた。

そっと顔を上げたメリナの頬を、彼の手が覆い、引き寄せられる。導かれたのは、クラウスの唇だった。

「ん……ッ」

触れた瞬間、胸いっぱいになる甘い気持ち。

このままずっと触れ合っていたいと思うぐらい、クラウスの唇はやわらかくて、魅力的だった。メリナを導いてくれた手は、頬からゆっくりと耳へ伸び、指先で耳の輪郭を確認するように伝っていく。ぞくぞくとした感覚が肌をざわつかせ、熱が灯る。

「ん、んぅ……ッ、ん」

耳をなぞっていたクラウスの手は、次に肩を撫で、背中を辿り、かすかに浮いた腰まで届いた。さらに手を先へ伸ばし、丸みを帯びた肉感的なそれをやわやわと揉《も》み込《こ》む。ドレス越しに伝わってくる彼の熱とともに、指先がいやらしくそこを撫《な》で回《まわ》した。

変な触り方に、メリナの身体が何度となく跳ねる。

「ん、んッ、んッ……、クラウス、さま……ッ」

「ん？　もう終わり？」

唇を離すと、彼の低くかすれた甘い声が心をくすぐってくる。

まだ、もうちょっと。

素直に動いた心がメリナの身体を動かし、また彼の唇を食む。メリナのたどたどしいくちづけに応えるように、気持ちいいことを教えていくクラウスだったが、それは唇だけではなく手も同じだ。

彼の手は、メリナの身体をただなぞる。

ドレスの上から、優しく、ゆっくりとドレスの下にあるメリナの肌に、己の熱や指先を教え込むように触れた。至るところを、余すことなく、堪能《たんのう》するように。

まるで、甘い感覚が身体中にまとわりつくようだ。

小刻みに身体を揺らしながら、ぬるま湯に浸《つ》かっている感覚を思い出す。すると、なんとなく下腹部に違和感があった。なんだろう、とメリナが意識もそぞろになったのが、彼に伝わったのだろうか。

「んんぅッ、んんッ」

突然、舌を差し込まれ、絡め取られる。

じゅるじゅるとしごくように舌を蹂躙され、思考が「気持ちいい」でいっぱいになると、秘部の割れ目を撫《な》で上げられた。

「んんんッ⁉」

目を瞠り、驚きをあらわにしたメリナに、クラウスはかすかに笑った。

いつの間に下着の中に手を入れたのだろう。紐《ひも》を外されたことにも気づかなかった。彼の手はメリナのしっとりとした秘部を何度も撫でる。足を閉じたくても、彼の腰をまたぐようにして四《よ》つん這《ば》いになっているせいでできない。

無防備なそこをどうすることもできないもどかしさと与えられる愛撫《あいぶ》、くちづけの甘さにくらくらする。身体を小刻みに揺らすメリナは、とうとう我慢できずに唇を離した。

くちづけどころではない。

クラウスの首に顔を埋め、敏感なそこで彼の指を感じる。

「ぁッ、あッ」

「ん。溢れてきた。……メリナの身体も素直ないい子だ」

彼の指は茂みに隠された花芽を探りだし、そこを指の腹で優しく撫でた。

いいこいいこ、と伝えるように。

「ぁあッ」

身体の奥が甘く疼き、彼の服を握りしめる手に力がこもる。彼の指はぬるぬるとした感触をメリナに伝え、滴る蜜で花芽を濡らした。すべりがよくなったせいか、指先から与えられる刺激が強くなった。

「ん、ぁッ、あッ」

「かわいい声を聞いていたいが、俺以外の誰かに聞かれてしまうよ？」

甘い声が、快感とともにまとわりつく。

身体を小刻みに揺らしながら、メリナは首を横に振って、それは嫌だ、とクラウスに応えた。

すると、彼は片方の手でメリナの頭を撫でる。

「なら、口を塞《ふさ》いでしまわなければな？」

どうやって、と思ったところで、頭を撫でていた彼の手が頬を覆う。導かれるようにして顔を上げたメリナは、ゆっくりと伏せていた身体を起こしてクラウスの唇に己のそれを重ねた。

彼の手が、また「いいこいいこ」と頭を撫でる。

それが嬉しくて、メリナがクラウスとのくちづけに没頭し始めると、秘部を撫でているだけの彼の指が、少しナカへ入ってきた。溢れた蜜を掻《か》き出すように、浅く出し入れを繰り返す。

奥までこない指先に合わせて、どんどん蜜が溢れてくる。

「ん、ん、んッ」

こんな感覚、今までなかった。

奥が疼いてしょうがない。

そこで初めて、自分の身体が変わっていることに気づいた。ああ、おかしくなってしまう。

頭の奥で警鐘を鳴らす理性は、少しずつナカに入ってきた指によって快楽へ染まった。

「ぁ、ん、ん、んんッ」

唇をかすかに触れ合わせたまま、甘い声が吐息とともに漏れ出る。

彼の指は奥へ向かって徐々に入ってきて、メリナは背中を丸めてクラウスの唇に深く、自分のそれを押し付けた。すると、彼の舌がメリナの口の中へと入ってくる。

「んむぅ」

その瞬間、彼の指も奥へ突き立てられた。

「……ッ、ん、んんッ」

口の中をクラウスに蹂躙され、ナカに入った指が上下に揺れる。小刻みに、音を立たせるような動きでナカを撫で、蜜を溢れさせた。かさばったドレスの中からくぐもった水音がかすかにするのだが、メリナには、それがくちづけのものなのか、秘部からのものなのかはわからない。

思考が正常に働かないほど、メリナはクラウスに気持ちよくさせられていた。

絡みつく舌がじゅるじゅるとメリナのそれをしごき、触れ合うところから甘さがにじむ。同じぬくもりになった唇は、今にもとろけてしまいそうなほどだ。

「ん、んぅ、んッ、ん、ぁ……、クラウスさま……ッ」

「気持ちいい？」

「ん、んッ」

うんうん、と目に涙をためて頷くメリナに、クラウスが微笑む。

「じゃあ、もっと」

腰骨のあたりが疼《うず》くような甘い声に、肌がざわついたと思ったら、突然彼の指がナカをかき回し始めた。

「んぁッ、あぁッ、あ、あッ」

ぐちゃぐちゃにかき回されているような感覚に耐えられなくなり、メリナは唇を離して再び彼の首筋に顔を埋める。声を我慢することなんてできない。彼の指に翻弄され、与えられる快感を受け続けることしかできなかった。

「あ、ぁあッ、あぁんッ、んッ」

激しい指の動き、ナカを擦り上げる感覚に頭の中が「気持ちいい」でいっぱいになってくると、花芽に親指の腹が押し付けられる。

「ぁあッ！」

さらなる快感に声を上げるメリナの頭に、クラウスがくちづける。

「メリナ、いいよ」

何がだろう。

声を上げているから、返事ができない。

「楽になっていい」

それは、どういうことなのだろう。

びくびくと震える身体が、止まらない。

「メリナ、顔をこっちに向けて？」

「ん、んッ、……あ、クラウス、さま……ッ」

顔を横に向けたメリナの頭を撫で、クラウスは嬉しそうに言った。

「かわいい」

胸が、きゅうと甘く締め付けられる感覚とともに、彼の唇がかすかに触れる。ちゅ、と触れ合わせるだけのやわらかな唇の感触が嬉しくて、メリナの奥にたまっていた熱が弾《はじ》けた。目の前が、白く染まる。

「んんぅ……ッ、ん、んッ、あッ、あぁ――ッ」

腰が高く上がった拍子に、彼の指が引き抜かれた。

一気に弛緩《しかん》した身体はクラウスの上に落ち、メリナは荒い呼吸を整える。しかし、それでもなお、身体はひくついた。けだるい感覚に身を委ね、クラウスの身体にしがみついている間も、彼はメリナの頭を撫で続けてくれた。

「……すまない」

クラウスが、メリナの額にくちづける。

「メリナがかわいくて、止められなかった」

顔を見せるクラウスが、困ったように笑う。そんな顔で、そんなことを言われたら、何も言えない。メリナは目をまたたかせて、彼の服に顔を埋めた。

「……………メリナ？」

「き」

「き？」

「…………気持ち、よかった……ので、謝らないでも……大丈夫、です」

恥ずかしい気持ちを堪えながら、たどたどしく言うと、クラウスが抱きしめてくれる。

「まいった。なんだか、悪いことを教えてしまった気分だ」

表情は見えなかったが、なんとなく困っているような、嬉しいような、そんな感じの声に聞こえた。そうして、身体を預けることしかできないメリナの背中を、優しくとんとんと叩いてくれる。触れ合うところから聞こえる心臓の鼓動が、穏やかに重なり始めたところで、彼はメリナを離した。

「時間だ」

そうつぶやき、メリナともども上半身を起こす。

いつまでもこうしていられるのだと、勝手に思うぐらいに、彼との時間は幸福に満ちていたようだ。メリナの心は、切なさで苦しいほどに締め付けられる。その後、クラウスが気を使うように背中を向けている間に、メリナは下着を戻し、乱れた着衣を直した。

「……終わりました」

「ん。じゃあ、俺はそろそろ行こう」

メリナの声で、クラウスは寝椅子から立ち上がる。

そして一歩、前に足を出したクラウスだったが、すぐに向き直ってメリナの額にくちづけた。

そのぬくもりを最後に、クラウスはメリナの前から立ち去った。

ほどなくして、館内の見回りをしていた管理者が、ランタンを掲《かか》げて声をかけるまで、メリナはそこから動けずにいた。身体の至るところに残る彼の熱を逃がしたくないのに、消えていく切なさは言葉にできない。

そんな彼女の願いが通じたのかどうかはわからないが、翌日、メリナは熱を出した。


それから三日後。

母、ノーラとウィンランド伯爵の結婚が決まり――、

「メリナ、あなたに縁談がきているの」

と、母に告げられた。

第四章　交差する想いと、この地の秘密

「本当に、よかったの？」

馬車に揺られ、馬の蹄《ひづめ》の音を聞きながら、隣に座っている母が気遣わしげに言った。

メリナは小さく頷き、そっと窓から外を見つめる。

二年ちょっと過ごした王都の街並が、流れていく。

これが少し前、ほんの一ヶ月ぐらい前だったら、嬉しかっただろう。ようやく慣れてきた王都よりも長く住んでいた土地へ戻るのだ。気分的には『帰る』と表現してもおかしくないほど、母と長く過ごしていたウィンランド伯爵領はとてもいいところだった。

しかし、今は違う。

切なさで胸が苦しい。

王都を離れると決めてから、ずっと。

「……」

メリナは、切なさで締め付けられる胸に手を当てた。

心残りがあるとすれば、――ルリアーナのことだろうか。

彼女に誘われたお茶会に、メリナは出られない。そのことを、彼女に伝える前に、王都を出る日が決まってしまったからだ。一応、彼女宛に手紙は書いたのだが、ルリアーナ本人が持ってきた招待状の返事を、メリナが人づてで渡すのは申し訳なく、だからといって王家の方にそう簡単に約束が取り付けられるわけもない。

結局、接点のあるシェリルに渡したら確実だと思い、ルリアーナ宛の手紙を持ってきた。

王立図書館に行けば、運良くルリアーナに会える機会があったのかもしれないが、それはできなかった。

（……クラウスさま）

王立図書館には、あの夜以来、一度も足を運んでいない。

あれからメリナは翌日に熱を出し、三日三晩寝込んでしまった。体調が戻ったところで縁談の話を聞かされ、あっという間に王都を出ていく日取りが決まり、今に至る。時間を作れば王立図書館に行くこともできたのだろうが、メリナはあえてそれをしなかった。

『メリナ、あなたに縁談がきているの』

熱が下がったメリナに母がそう言ったとき、頭にクラウスが浮かんだ。

本当に、彼の言ったとおりになった、と。

貴族になると、こういうこともあるのだと教えてくれた彼が浮かび――すぐに心ががんじがらめになった。

『……この間、恋をしているわけではないと言っていたでしょう？　お相手がいないのならぜひって……。あ、でも、急な話だし、結婚そのものを考えられないのなら、断ってもいいからね。ウィンランド伯爵さまも、メリナが邪魔だから縁談の話をしたわけではないっておっしゃってくれたの。メリナの気持ちさえよければって』

母に、気を使わせていることはすぐに理解した。

メリナの心も大事にしつつ、こういう選択肢もあるのだと教えてくれているのだろう。断る余裕さえくれた。これが生まれながらの貴族の家系なら、そうはいかないだろうことも、あの夜のクラウスの表情を見ていたらなんとなくわかった。

子どものころからずっと、母の優しさに甘えて生きてきた。

メリナを施設に預けて再婚することだってできたのに、それをしないでずっとそばにおいてくれた、育ててくれた。

これまで苦労してきた母の心が、少しでも楽になるのなら、断る理由はない。

『謹《つつし》んで、お受けいたします』

メリナは、縁談を受けることにした。

だから、王立図書館に行くことをやめたのだ。

次に会ったらきっと、彼への思いに名前がついてしまうような気がして。

王立図書館を見るだけに留めた。心と身体に残った熱が、ときおりクラウスを思い出させて切なくなっても、己を抱きしめてこらえることしかできない。

でも、それももうなくなる。

王都を離れれば、王都さえ離れれば、もうクラウスに二度と会うことはないのだから。

「……」

会えなくなる切なさはあっても、思いの名を知らずにすむ安堵のほうが大きい。今ならまだ、間に合う。大丈夫。そう思うたび、メリナは自分でも気づかずに己の唇を指先で撫でていた。まるで、そこに残った熱を辿るように。

「もう少しで領内ね」

王都を出て、三日三晩。

途中、馬を乗り換えるために立ち寄った宿に宿泊すること三回。

四日目の夕方ぐらいに、ようやくメリナたちを乗せた馬車は、ウィンランド領内に入った。

領主自身が「田舎」だと言うように、ここは王都からかなり離れている。国の果てと言っても過言ではない。

久々に戻ってきたのどかな田園風景を通り過ぎ、ウィンランド邸へと馬車は向かう。

王都と比べるまでもないが、ウィンランドは商人の街で、それなりに大きい。

商隊の玄関口にもなっていることから、街の運営は商人たちがまとめていた。ここに集まるさまざまな商隊の中から商品を目利きし、いいものを王都へ送るのを役目としている。

領主であるウィンランドは土地の所有者だが、街で起きた出来事は、そこで商売をしている商人たちにほとんど一任していた。商人だけでなく、ここで暮らす人々にとって、ウィンランド伯爵は慕っている相手であり、信頼に足る人物だった。

それは、彼の人柄によるものも大きいのだろう。

そのことを、メリナと母はよく知っている。

馬車がウィンランド邸に着いたころには、すでに陽は落ちていた。母に続いてメリナが馬車から降りると、名前を呼ばれる。

「ノーラ！　メリナ……ッ！」

顔を上げた先で、ウィンランド伯爵──モーリス・ウィンランドが両手を広げて駆けてきた。

邸宅から一直線に走ってきた彼は母を腕に抱き、それからメリナに手招きをする。それに気づいた母も同じようにメリナへ視線を向けるので、緊張しながらもふたりのそばに近づいた。モーリスに肩を抱かれて引き寄せられると、母の腕も背中に回り、ふたりに抱きしめられる。

「ふたりとも、おかえり」

その声は穏やかで、いつもより近く聞こえた。

なんとなく、くすぐったい気持ちだ。

（……でも、嫌じゃない）

不思議と安心する居心地のよさがあった。

「……さ。長旅で疲れただろう？　中に入ろう。あたたかいお茶もあるんだ」

ふたりの腕の中から解放されたメリナは、モーリスの笑顔に誘われるようにして、少し前まで世話になっていた邸宅へ足を向けた。モーリスとにこやかに会話をする母をそっと見ては、メリナの口元が緩んだ。

母は、幸せになれる。

そう、直感が告げていた。

「おかえりなさい！　ノーラ、メリナ……！」

ウィンランド邸に入ると、人数は少なくなったが、見知ったメイドたちが一斉に母を抱きしめにくる。中には、母の結婚に涙を流して喜ぶ者もいて、母ももらい泣きをしていた。その様子を、嬉しそうに眺めているのは他でもないモーリスで、メイドたちに祝福を受ける母は、娘の贔屓目《ひいきめ》なしに世界で一番綺麗に見えた。

「まあ、メリナ⁉」

「メリナだわ！」

ひとしきり、再会の挨拶と結婚の祝福を終えたメイドたちは、メリナの変化に気づいたのだろう。次に、メリナを取り囲んだ。そこから先はモーリスが「そろそろ離してあげなさい」と言うまで、彼女たちはメリナを「かわいいかわいい」と言っては頬ずりをしたのだった。

ここに住む者たちも、本当に変わっていない。

モーリスが人格者だからだろうか。

街の人も商人たちも、ここで働く者たちも、モーリスの前だからといってかしこまることはほとんどない。もちろん、外からの来客ではそういう姿は見せないよう教育されているが、領内の見知った者たちとは家族のような付き合いをしていた。

ここへ初めてきたとき、メリナはモーリスの親しみやすさもさることながら、メイドたちのやわらかな態度にも驚いたものだった。

それから、メリナは母とモーリスと少し早い食事を供にし、ティータイムを過ごしたあと、バスタブでたっぷりの湯を堪能して、以前充てがわれていた部屋に戻ってきた。

「――ふぅ」

年齢が近いということから、シェリルの隣の部屋を使わせてもらっていたそこは、メリナが出ていったときのままだった。懐かしさを感じつつも、最近まで狭い小部屋で過ごしていたせいか、少し落ち着かない。

（……これも慣れるのかな……）

先程、モーリスのもてなしを受けてる最中、メリナが腰を浮かしかけるたびに、メイドたちが楽しそうに「これは私の仕事だから、メリナはゆっくりするのがお仕事よ」と言って、空のカップに紅茶を注いでくれた。それを思い出しながら、メリナは母の結婚で自分の立場が今までと違うことを実感する。

薄暗い部屋の中を歩き、メリナはベッドに腰を下ろした。

「……いいのかしら、本当に」

もともと貴族だった母と違い、貴族として過ごした時間が少ないメリナは、そんなことを思う。されるよりも、するほうが気が楽なのは、きっと身分と関係のない生活をしてきたせいだろう。今の立場は戸惑いも大きく、気分がいいというよりも、申し訳なかった。

これから先、こんなことでやっていけるのだろうか。

ふと、そんな不安が脳裏をよぎり、ため息が出た。

そこへ、ドアをノックする音が届く。

「どうぞ」

返事をすると、ゆっくりとドアが開かれ――、

「やあ、メリナ。ちょっといいかな」

穏やかな声とともに、ウィンランド邸の主人が入ってきた。

「モーリスさま……ッ!?」

突然のことに驚き、メリナは反射的に立ち上がった。

モーリスは苦笑を浮かべ、メリナに座るよう促してくれるのだが、そういうわけにはいかないと、近くにあった椅子を用意する。近づいてきたモーリスが椅子に腰を下ろしたところで、メリナもベッドへ座った。

「長旅で疲れているところ、申し訳ない」

「……」

「……あー、少し話をしたくてきたんだ」

「……」

「そう緊張しないでくれると嬉しいんだが……」

「……」

「メリナ、息をしているか?」

反応しないメリナを心配してか、モーリスが心配そうにメリナの顔を覗き込んでくる。

「し、しています！」

「そうか。返事がなかったから、てっきり呼吸をしていないのかと、少し焦った……」

特大のため息をつき、モーリスはうなだれた。

「すみません……」

「いや、謝ることではない。私も……、そうだな、少し、いや、結構緊張しているから、気持ちはわかる」

顔を上げて困った様子で頭をかいた彼を見つめ、メリナの緊張が少しだけ和らいだ。

「……モーリスさまほどの方でも、緊張することがあるのですか？」

意外な面を見たと言わんばかりのメリナに、彼も苦笑する。

「そりゃ、私も人の身だ。これから大切なお母さまと一緒になる許可を得ようとしているのだから、粗相《そそう》のないようにしなければいけない」

「……許可……というのは、私に、ですか？」

呆けたように言うメリナに、モーリスは真剣に頷く。

「ああ、もちろんだ。私はノーラに求婚をして許可を得たが、ノーラの大事なメリナからは結婚の承諾を得ていない。……今夜は、それでここへきた。ノーラに内緒で」

「……お母さまに内緒で……？」

「母ひとり、子ひとりで生活してきたのだ、ノーラにはなかなか言えない胸の内というのもあるだろう。育ててもらった感謝があるからこそ、遠慮も生まれる。だから、まだ家族ではない私がきた。私の立場や身分は、この際気にしないでいい。……と、言っても、気にしてしまうのがメリナなんだが、……あーとにかく、思っていることがあるならはっきり言ってほしいんだ。文句でも、嫌味《いやみ》でも、なんでも受け止める自信はある」

どこか緊張した面持ちで、モーリスは続ける。

「だが、すまない。先に謝っておくが、どんなに私に文句があろうと、私はノーラとの結婚をやめる気はない」

なんて、まっすぐな人なのだろう。

メリナをまっすぐに見据える碧《あお》の瞳は、真剣そのものだ。真剣に、メリナと向き合おうとしている。結婚というのは、互いの気持ちさえよければ、それでいいものだと思っていた。しかし、モーリスは当人だけではなく、メリナの気持ちも聞こうとしてくれる。

その覚悟と、何を言われても母を諦めるつもりはないという意志が、胸を打つ。

「……」

メリナはゆっくりと首を横に振り、モーリスに微笑む。

「申し上げることは、何もありません」

モーリスは一瞬、ぽかんとした顔をして呆けた声で言う。

「……ないのか？」

彼の、こんな顔を見るのは初めてだ。

領主としての彼も穏やかだが、ここまで表情をさらけ出すところを見たことがない。もしかしたら、メリナの長かった前髪が彼の素顔を知る機会を奪っていたのかもしれないが、母の再婚によって、その機会を得られた。モーリスの人柄に、触れられた。

こんなにも心優しい人のそばにいられる母の未来は、間違いなく幸せだろう。

そんな予感がした。

ますます安心が増したメリナは、笑顔で頷く。

「むしろ、母はモーリスさまにこんなに慕われて幸せだと、安心したぐらいです」

「……そう、なのか？」

「はい。それに、私は最初からこの結婚には賛成なんです。父と死別してから、母は再婚できたはずなのに、それをせずに私のことを守って今日まで生きてくれました。だから、母が幸せになるのなら、私はどんなことでも応援します。母も、モーリスさまのことを慕っている様子でしたので、不安はありません。母を、よろしくお願いいたします」

はっきりと言い、メリナは少し逡巡してから大事な言葉を口にする。

「……お、お義父《とう》さま」

父を呼んだことがあまりないせいか、言い慣れないのがわかるぐらいぎこちなかった。

妙なくすぐったさを感じ、はにかみつつも頬を染めたメリナは、真剣に向き合ってくれたモーリスにちゃんと自分の心を伝えた。

「……」

しかし、返事はない。

時間が止まったようにその場から動かないモーリスを前に、やはり「お義父さま」と言うのは早かったのだろうか、と不安になる。すると、ようやくモーリスがまばたきをしてくれた。

動いてくれたことにほっとしたのはいいものの、次の瞬間、彼が盛大に息を吐き出して頭を抱えたのだから、驚く。安心していたメリナに、また不安が押し寄せた。

「あ、すみません。私のような者が、お、お、お義父さまなどと馴《な》れ馴《な》れしく……！」

慌てて言うメリナだったが、当のモーリスは聞いていないようだった。ぶつぶつと小声で「まいった」などと言いながら胸を両手で押さえ、項垂《うなだ》れていた顔を上げる。

「嫁にいかせたくない」

真剣な表情で言われ、メリナは目を白黒させた。

「だめだ。だめだだめだ、だめだ。やはりだめだ。メリナの縁談を、このまま進めたくない。うん……そうだ、そうだな。よし、やめよう」

「モーリスさま!?」

突然何を言い出すのだろうかと、動揺したメリナが呼びかける。

「せっかくノーラと結婚するんだ。ここでのんびり過ごして、メリナとシェリルが楽しそうに話しているところを、ノーラと一緒に微笑ましく眺めながら、ノーラ手製のアップルパイと一緒においしい紅茶が飲みたいと、常々思っていた。それが実現するのを、何よりも楽しみにしていたんだ」

あまりにも具体的すぎる内容に、メリナの思考はついていけない。が、彼がしたいことはこれでもかというぐらいに、伝わった。

「私はね。シェリルの母である前の妻を病気で亡くしてからというもの、幼いシェリルを育てることに精一杯でね。そういう夢を持つことができなかったんだ。でも、キミたちがうちにきてから、シェリルと遊ぶメリナや嬉しそうなノーラを見るたび、家族になりたいと、ずっとそう思っていた。だから、その時間をすぐに奪われないよう、今後メリナにくる縁談はすべて断ろうとしていたんだよ」

「……そうだったんですか？」

「ああ、もちろんだとも！　そもそもこの縁談だって、私はメリナの名前を出しただけで、これが本格的な縁談の話になるとは思ってもみなかったんだ……」

モーリスは息を吐き、メリナに真剣な表情で語る。

「私は、ノーラと結婚はするが、メリナも大事な家族だと考えている。だから、メリナにこの結婚を認めてもらいたかったんだ。今後、私やノーラに気を使って勝手にひとりでこの家を出ていかないようにね。キミとも、家族になりたいと思って、さっきはなんでも言ってほしいと言った」

「……じゃあ、シェリルさまではなく私に縁談がきたのは……」

「私が、先方にメリナはいい子だと話しただけだ。誤解がないように言うが、もしメリナが、今回の縁談で自分がこの家に邪魔だから……なんて思っていたら、私は泣くぞ」

ほんの少しだけ、自分がこの家には邪魔なのだと、一瞬でも思ってしまった。

そんなことを考えるような人ではないのに、モーリスを疑ってしまい胸が痛む。申し訳なさそうに俯くメリナの様子に、何かを察したのか、モーリスは彼女の頭に手を置いた。

よしよし、と優しく撫でてくれる。

「そんなふうに考えなくていい。自分には何もないと思わないでくれ。……シェリルに縁談がないのは、私がまだシェリルに嫁にいかないでほしいからだ。だから、メリナも嫁に出す気はなかったんだが……、事情が立て込んでてな」

　疲れたようにため息をつくモーリスに、メリナは自分の縁談には、さまざまな人達が絡んでいるのだと察した。自分のせいで、知らぬ間にモーリスに余計な気遣いと迷惑をかけていたとは知らず、さらに申し訳ない気持ちになる。

　撫でていた手が離れたのを感じて、メリナはそっとモーリスの頬を撫でた。

「……すみません。私のせいで」

「ああいや、メリナのせいではないよ。貴族の縁談というのは、いろいろあるんだ。そのうちのひとつではあるんだが……、メリナが嫌ならこの縁談を断ってもいい。元はといえば、私がメリナの名前を出したのが悪い」

「……」

「実は、メリナにその話もしようと思っていたんだ。なにせ、ノーラから縁談を承諾したと聞いても、メリナの本当の気持ちはわからないだろう？　メリナの顔を見て話を聞くまでは、私も縁談がきているというだけにとどめておいたんだ」

　今ならまだ間に合うと、暗にモーリスが伝えてくれる。

　一瞬だけ、メリナの唇に彼の熱が蘇ったが、ゆるゆると首を横に振った。

「……縁談相手の方が、お義父さまのように愛情深い方であるといいのですが」

それだけ言うと、モーリスは立ち上がって座るメリナを抱きしめた。

よしよしと頭を撫でる大きな手が、気遣わしげに感じる。彼のように優しい人が、母の再婚相手でよかった、と心から思った。

「もし、私達に気を使ってこの縁談を引き受けたのだとしたら、それは間違っているよ……とだけ、言わせてくれ。私もノーラも、メリナにこんなに早く嫁にいってほしいとは思っていない。もっと、ゆっくりとした時間を、みんなで一緒に過ごしたいんだ」

穏やかに、ゆったりとした声がそう言う。

「家族でいられる時間が、もっとほしい」

大事な宝物に触れるような手つきで、モーリスが頭を撫でてくれた。メリナは、もうその言葉だけで十分だと思った。モーリスが、ノーラだけではなく、メリナも含めて家族として受け入れてくれた。それがわかっただけでも、嬉しいことだった。

胸があたたかくなる。

「……私は、メリナのことを実の娘のように思っているからね。それだけは、覚えてて」

モーリスの声に、メリナは頷いた。

「ありがとう」

嬉しそうに言ったモーリスはメリナを離してかがむと、彼女の額にそっと唇を押し当てる。

小さい頃、母にしてもらったような、おやすみのくちづけだ。

「……他に、何か不安なことはあるかい？」

そう問われて浮かんだのは、彼の娘の顔だった。

「シェリルさまは」

「シェリル？」

「……シェリルさまは、私と母が家族になることについてどう……」

不安を告げるメリナに、モーリスは微笑む。

「それは明日、直接本人に聞いてみるといい」

安心して、と伝えるように彼はメリナの頭を撫でた。

「おやすみ、メリナ」

「……おやすみなさい、お義父さま」

部屋から出ていくモーリスを見送り、ドアが閉められる。メリナは後ろからベッドへ倒れ込み、天蓋《てんがい》を見上げた。

なんだか、不思議な気分だ。

言葉にできない感情を胸に、メリナは目を閉じる。

「……モーリスさまが、お義父さま。シェリルさまが……、お義姉さま……」

今でも信じられない。

つぶやいた内容に自分自身が気恥ずかしくなり、メリナはさっさとベッドへもぐりこんだ。

●・○・●・○・●

翌朝。

何度目かの、聞き慣れた鐘の音がない朝を迎えた。

「……………また、今日も寝過ごしてしまったわ……」

王都に響く鐘の音がないだけで、メリナの時間は狂いっぱなしだ。

ウィンランド邸のメイドや従者は、日々の仕事以外にも、モーリスとノーラの結婚式の準備に慌ただしかった。互いに二度目ということもあり、本当だったら盛大にする予定ではなかったのだが、街を仕切っている商人たちから「お披露目ぐらいはしてくれてもいいんじゃないですかね。昼間から酒を飲む口実に」と、お願いされてしまった。しかも、彼らはお披露目に必要なものをすべて自分たちで用意するといって聞かないのだから、その好意を無碍《むげ》にはできない。

そのため、盛大にしたくないというモーリスとノーラの意見を取り入れた結果、年に一度の夜祭りに乗じて、馬車で街中を通ってお披露目をするということになったらしい。

いつもより遅く起きたメリナは、メイドたちの準備を手伝おうと声をかけるのだが、誰も彼もが「ゆっくりしてて」と言うだけで手伝わせてくれなかった。

（……どうしよう）

周囲が忙《せわ》しなく動いているのを横目に、自分だけゆっくりなどできない。

メリナがぼんやり歩いていると、突然甘い匂いが漂ってくる。ふらふらと大きなキッチンへ行ったら、コックがここの庭で採れた木苺《きいちご》をジャムにしていた。それを見たメリナは、今日戻ってくるシェリルとのティータイムと、忙しなく動いている屋敷のみんなのために、スコーンをたくさん焼くことにした。

お菓子を作っているときの甘い匂いや、オーブンで焼いてるときのバターの香りが、メリナはとても好きだった。

焼き上がるまでは、コックと一緒に明日焼くパイの生地を作り、それが終わったら夕食の仕込みも手伝った。かつて、メリナがウィンランド邸で世話になっていたころを思い出す。懐かしい気持ちになりながら焼き上がったスコーンを見て、メリナが「早く食べたい」と思った直後、懐かしい声に名前を呼ばれた。

「メリナ……ッ！」

振り返るメリナを、ちょうど正面からぎゅっと抱きしめたのは、シェリルだった。

「シェリルさま⁉」

メリナよりも少し小さい彼女は、頬ずりをして離れる。

「少し早く着いてしまったの。王都ではあれ以来会えなかったけれど、……、そう、そうだわ、あなたこの間熱を出したんですって？」

シェリルは心配をあらわにして、メリナの額に手を当てる。しかし、それだけではわからなかったのか、今度は自分の額を重ねてきた。きっと、王都でルリアーナにもこうして甲斐甲斐《かいがい》しくしているのだろう。

彼女は、ここにいたときと変わらず、今でもメリナの世話を焼いてくれた。

「もう大丈夫ですよ。すっかり良くなりましたから」

「それならいいのだけれど……」

「王都を出る少し前のことですから、一週間以上は前の話ですよ」

「それでも、心配は心配なの」

そう言って額を合わせていたシェリルが離れていき、キッチンテーブルの上で用意されていた焼きたてのスコーンを目にする。

「ところで、ここにあるスコーンは、ティータイム用？」

「はい。シェリルさまがお戻りになられると聞いて」

「メリナが焼いてくれたの？」

「はい。木苺のジャムもありますよ。あ、でもこれは、コックのゴードンさんが作ったものですが」

「まあ、ありがとう。メリナのスコーンは、しっとりしていてジャムと本当にあうからおいしくて好きよ。お茶の準備ができているなら、テラスへ行きましょうか」

「はい」

シェリルのあたたかい笑顔を見たら、メリナもまた自然と笑顔になった。それを見た彼女が、大好きな猫を見たときのような顔をして、ぎゅっと抱きしめてくる。

「……あ、あの、シェリル……さま……？」

「本当にないわ」

「え？」

「メリナの前髪」

そこまで言われ、前髪が短くなってからシェリルに会うのが、これが初めてなのだと気づく。

「メリナの前髪が短くなったと聞いてはいたけれど、本当に短いのね。メリナの顔がよく見える。メリナの笑顔が見える。私、それがとてもとても嬉しいの」

「……シェリルさま」

「それなのに、私ったらいけないわね」

そっと離れていくシェリルが、苦笑を浮かべる。

「少しずつ家族にならなければいけないって、頭ではわかっているのに……呼び方が変わらないことが寂しいだなんて……」

「……」

「式もまだ挙げてないのに、私ったら何を言っているのかしら。ごめんなさい、変なことを言って。さ、これをテラスに運びましょうか」

気を取り直すように笑顔になったシェリルが、近くにあるワゴンに手をかけた。

ワゴンを押して先に歩いていくシェリルの後ろ姿に、メリナは駆け出す。すぐに追いついたメリナは、シェリルの腕を掴んだ。足を止めたシェリルが、自然とメリナを見つめる。

「……メリナ?」

「あの、私、シェリルさまに聞きたいことがあって」

「……何かしら?」

きょとんとした顔で続きを待つシェリルに、メリナは意を決して口を開いた。

「わ、私と母が家族になることを……、その、シェリルさまはどう思っていますか⁉」

片手でドレスの裾を掴み、不安に怯えるメリナに彼女は即答する。

「このうえない、幸せだわ」

「……え？」

「そもそも私、メリナがここに来てから妹みたいに思ってましたからね？　あなたが気づいていたのかどうかは知らないけれど、そうじゃなかったら世話なんて焼かないわ。それに、お父さまにノーラと再婚する気持ちはないのって言ったのは、私よ？」

「え⁉」

驚きの声をあげたメリナに、シェリルはひとつ息を吐く。

「あのね、この際だから言うけれど」

そう言って、真剣な表情で続けた。

「私、妹が欲しかったの。お母さまが亡くなって随分経っていたけれど、何度も妖精王さまにお願いするほどね、欲しかったの。でも、歳を重ねて、お願いしても叶《かな》えてもらえない願いなんだって気づいたところで、あなたたちがやってきたのよ。私、妖精王さまのお導きだと思ったわ。だから、私はお父さまにノーラと家族にならないのって何度も言ったのよ。だってお父さまったら、とってもわかりやすかったんだもの」

「……そうだったんですか？」

「ええ。メリナが何を考えたのかは知らないけれど、今日この日を、こうなることを、ずっとずーっと待っていたのは、他ならぬ私なのよ？」

知らなかった？

と、言って幸せそうに微笑むシェリルは、今までに見たことがないくらいかわいらしく、輝いて見えた。こんなに素敵な人と家族になれるのだとわかるだけで、メリナも幸せに包まれる。

本当に、ウィンランド家は素晴らしい人ばかりだ。

シェリルは困ったように苦笑して、メリナの呆けた頬を撫でた。

「本当にもう、メリナは心配性ね。安心なさい。私は、あなたもノーラも、今も昔も変わらず大好きよ」

じんわりと涙が浮かぶほど、その声も言葉も、優しくメリナの心を震わせた。

ふいに、

『……だからそう、自分を嫌ってやるな』

クラウスの声が蘇る。

メリナは、シェリルの素直な気持ちに頷き、自分も幸せだと微笑んだ。

「私もです。お義姉《ねえ》さま」

こんなふうに彼女を呼べる日がくるなんて、夢にも思わなかった。

昨夜、練習したときはこんな気持ちにならなかったのだが、こうして本人を目の前にして言うと、あとからあとから気恥ずかしさと幸せが満ちていく。照れたようにはにかんだメリナは、呆けるシェリルの手から器用にワゴンの主導権を奪い、押して歩いた。

背後から、我に返ったシェリルがメリナの名を呼び、追いかけてくる。

それからはもう、幸せでしかなかった。

慣れるまでは少し恥ずかしいが、それはシェリルも同じようだ。

ノーラを「お義母さま」と呼ぶのは、嬉しくて気恥ずかしいと、こっそり教えてくれた。そんな話をしながら、メリナたちはこの邸宅で一番光が入る部屋までやってきたのだった。

すると。

「メリナーッ！」

またしても名前を呼ばれ、隣にいるシェリルから正面を向くと、そこには——。

「ルリアーナさま……ッ⁉」

なんと、ここにいるはずのない人物が、テラスにある椅子から立ち上がってメリナに手を振っていた。

「あとは私がやるから、行ってさしあげて」

メリナはシェリルに頷き、開け放たれた大きな窓からテラスへ出る。

ウィンランド家がいつもティータイムを過ごしていたそこに、なぜルリアーナの姿があるのかはわからなかったが、近づいてきたメリナに、彼女は嬉しそうに抱きついた。

「会いたかったわ！」

「私もです、私もですが、ルリアーナさま、こんなところでおひとりだとまた……！」

脳裏をよぎったのは、あの晩のことだった。

メリナはルリアーナを心配して言うのだが、彼女は大丈夫だと言わんばかりに離れて笑顔を見せる。

「大丈夫よ。ここからは見えないけれど、ちゃんと近くに騎士がいるわ。そんなことより、図書館の管理者から聞いたの、わたくしに間違えられたんですって？」

心配そうな表情でメリナの顔を覗き込んでくるルリアーナに、申し訳なさから視線を落とす。

「……も、申し訳ございません。ご気分を害されましたよね」

「そんなことないわ！　むしろわたくしのせいでメリナに怖い思いをさせてしまったのではないかと、とても心配していたの。熱も出したみたいだし……、随分と怖かったわよね」

ルリアーナは、申し訳なさそうにメリナの頭をよしよしと撫でてくれた。しかし、メリナが熱を出したのは、彼女の言うような理由ではなく、たぶん、その後のことが原因なのだろう。

瞬時にあの夜の記憶が蘇り、メリナの唇が疼くように熱くなった。

「だ、大丈夫です。それよりも、ルリアーナさまに何もなくてよかったです」

「……ああ、メリナ……ッ」

にっこり微笑むメリナに、ルリアーナがふるふると身体をかすかに震わせて再び抱きつく。

「好き‼」

思いの丈《たけ》を叫ぶルリアーナに、メリナもまた気持ちを返すように背中に腕を回した。

自分もだと、ルリアーナに伝えるように。

「……まだ私に心を寄せてくださるなんて、ルリアーナさまは本当にお優しい方ですね」

ぽつり、つぶやいたメリナに、ルリアーナが顔を上げる。

「まだ、とはどういう意味？」

不思議そうな表情を浮かべるルリアーナに、メリナは申し訳なさそうに続けた。

「その、私、ルリアーナさまからせっかくお茶会に誘われたというのに、指定された日に行けないとお伝えすることもできず……、不義理をしてしまいました」

「……」

「申し訳ございません」

改めて自分の不義理を謝罪すると、ルリアーナは口元を緩めてメリナの頬を覆った。

「謝る必要はないわ」

「しかし」

メリナの唇に、ルリアーナの人差し指が触れる。そこから先は言わなくていい、と言われているようだ。目を瞠るメリナに、ルリアーナは嬉しそうに言った。

「わたくしがいれば、そこがお茶会よ」

ルリアーナは、茶目《ちゃめ》っ気《け》たっぷりな表情で片目をつむってみせた。

「だから、わたくしとの約束は破っていないし、不義理もしていないわ」

安心して。そう伝えるように、ルリアーナは笑った。

彼女の態度に、メリナの心から嘘みたいに不安が消えていく。心が軽くなった気がした。

「それでは、そろそろ離れましょうか」

いつの間にか近くで淡々とお茶の準備をしていたシェリルが、嬉しそうに言う。

「待って、もうちょっとだけ！」

ルリアーナが、メリナを抱きしめる腕に力を入れた。

「ルリアーナさま、ここに、メリナが焼いてくれたスコーンがありますよ」

さすがは侍女だ。ルリアーナの扱いがよくわかっている。

彼女はすぐにメリナから離れて、満面の笑みで丸テーブルを見た。そこにはすでに紅茶の入ったティーカップが用意されており、その中央にはメリナの焼いたスコーンが綺麗に盛り付けられている。

「さ、ティータイムにしましょ！」

ぱん、とひとつ手を叩いてにっこりと微笑んだルリアーナに、メリナも頷いた。

椅子は四脚。一脚はそのままに、ルリアーナとシェリル、メリナがそれぞれ顔が見える位置に座った。

「……うん、やはりシェリルの淹《い》れてくれる紅茶はおいしいわ、ありがとう」

ソーサーからティーカップを持ち上げ、優雅に紅茶を飲むルリアーナが、シェリルに微笑む。

彼女はメリナのスコーンに木苺のジャムをたっぷり塗っているところだった。

「それはよかった。では、こちらもどうぞ」

木苺のジャムをたっぷり塗ったスコーンの皿を手に立ち上がり、シェリルはそっとルリアーナの前へ置いた。席に戻るシェリルを横目に、メリナも久々に彼女の淹れてくれた紅茶を飲む。

ほっとする懐かしい味に、ウィンランド家に戻ってきた実感が沸いた。

安堵の息を吐くメリナの横では、ルリアーナが「おいしい……ッ！」と言ってスコーンを頬《ほお》張《ば》っている。その驚きと幸せに満ちた表情を見ているだけで、メリナは幸せだった。

「……はー、メリナのスコーン、ほんっとおいしい」

「お褒めいただき、光栄です。ルリアーナさまに喜んでもらえるのなら、ここに滞在していらっしゃる間、たくさん焼きますね」

「本当⁉」

「はい」

「それは嬉しいわ！　ますます、ここにいる楽しみが増えたわ。ね、シェリル」

「そうですね」

ルリアーナに微笑むシェリルを見ていると、ふいに疑問が浮かぶ。

「ところで、ルリアーナさまはいつまでこちらに？　……というか、どうしてここにいらっしゃるのですか？」

そういえば、彼女がいる理由を聞いていなかった。

王都にいるはずの彼女が、なぜウィンランド領へ来ているのだろう。シェリルが『ルリアーナ』と名前で呼んでいることから、たぶん公務なのだろうが、メリナがウィンランド家で世話になっている間、今まで一度も王族がここに来たことはなかった。

「そうだわ、そういえばその話をしていなかったわね」

不思議に思ったことを言葉にしたら、ルリアーナが飲んでいたティーカップをソーサーへ戻した。

「メリナもウィンランド家の一員になるから話すけれど、王家とウィンランド家とは、昔から、それこそ、おとぎ話の時代から、長く深い絆があるの」

「……おとぎ話の時代……ですか?」

「ええ。正しくは『妖精の指輪』からね」

「妖精の指輪……は、それは王家が成り立つ逸話で、おとぎ話では……」

信じられないといった様子で言うメリナに、ルリアーナはゆるく首を横に振った。

「王立図書館にある本は、そうね。まったくのおとぎ話。でも、あれは実際にあった話らしいの。王城にある、いわゆる原本というやつには、妖精と出会った地名も書かれているのよ。わたくしたち王家の祖である少年と、妖精王が出会う土地は――ウィンランド」

「……」

「ここはね、この国に伝わるおとぎ話発祥の地なのよ」

言葉が出なかった。

息を呑み、目をまたたかせるメリナに、ルリアーナは静かに続けた。

「妖精と冒険をした少年には友人がいてね。この地を代々守ってくれたその子に、のちの王となった少年は、死ぬ前に伯爵位を贈ったの。異例中の異例よ。しかも、領地に彼の名前をつけるという異例も加えてね。それから、王家発祥の地を守る大事な役目を担っているウィンランド家とわたくしたち王家は、ずっと懇意にしているのよ。血はつながっていないけれど、遠い親戚のような関係性に近いかしら」

ふふ、と楽しげに笑うルリアーナが、シェリルを見る。シェリルもまた「そうですね」と言うように微笑んだ。

「王城にしか原本がないから、ここがおとぎ話発祥の地だというのは、ごく限られた人間しか知らないわ。それこそ、古くて歴史のある貴族の家系とか、王城でそういう書物に触れられる者とかね。まあでも、だいたいは信じていないでしょうけど」

そう言って、ルリアーナは小さな焼き菓子を口に放り込む。おいしいと伝えるように頬へ手を添え、焼き菓子を堪能してから紅茶を飲んだ。

「ウィンランド家も必要がなければ王都にはこないし、その逆も同じ。他の貴族たちに、王家と深いつながりがあると思われないようにしているのよね。だから、今回みたいなお祝い事がない限りは、王家もウィンランドにこないようにしているの」

「……どうしてですか？」

「王家に取り入りたい貴族が、その絆を利用しようとするでしょう？」

ぞっと、した。

ルリアーナはさらりと言ったつもりでも、メリナにとっては驚く言葉だった。自分がルリアーナに間違えられた夜にも思ったが、爵位というのは、身分というのは、きらびやかに見えても、とても窮屈なものなのかもしれない。きっときらびやかな世界の裏には、メリナの知らない、様々な人間の思惑が交錯しているのだろう。

ルリアーナの話を聞きながら、そんなことを思った。

「今回は、名目上夜祭りの視察ってことで来ているけれど、本来の目的はノーラとモーリスの結婚のお祝いよ。ここで一番えらいのは領主のモーリスだから、王家のわたくしがここに泊まるのもおかしくないのよね」

何事もなかったかのように、ルリアーナは説明を続けてくれた。

そういうことだったのか、と状況を理解するメリナに、ルリアーナは微笑む。

「それに、わたくしの優秀な侍女はウィンランド家の者よ。ここに滞在するのに、誰にも文句は言わせないわ」

「……ルリアーナさま、そこまで言われると」

「嬉しいでしょう？」

にっこりと、シェリルの言葉を遮って言うルリアーナ。

「…………はい」

頬を染めたシェリルは、そう答えるしかなかった。

にこにこと満足そうなルリアーナの笑顔の先では、シェリルが顔を真っ赤にして俯いている。

その様子を見ながら、メリナの幸せは続いていた。

●・○・●・○・●

その日の夜、メリナは寝しなに飲むハーブティーを淹れようと、部屋から出た。

（ルリアーナさまとお義姉さまにも、お持ちしよう）

今日は長旅の疲れがあるというのに、シェリルもルリアーナも、メリナと一緒にいてくれた。

いろいろな話をたくさんしていたらすっかり夜になっていたのも、時間が足りない、話し足りないと思ったことも、初めてだった。

楽しい。

それは、今まで感じたことのなかった楽しさだった。

昼間にあったことを思い出しながらキッチンへ向かおうとすると、メリナの耳に誰かの話し声が届く。

（……裏口から……？）

何やら言い争っているような感じがして、メリナは小走りで声のするほうへ向かった。

「――ですから、お帰りくださいい……ッ」

やはり、裏口だ。

迷惑そうなメイドの声と、中に入ろうとしている小柄な人物が、薄暗い裏口のあたりで押し問答をしているように見えた。自分に何ができるというわけではないが、顔見知りのメイドを困らせたままにもできなくて、メリナは声をかける。

「どうかしましたか？」

そっと声をかけた直後、メイドが振り返った。

怯えと困惑した表情に、少しだけ安堵の息が漏れたのを、メリナは見逃さなかった。小さく息を吸い込み、肩掛けを持つ手に力をこめ、メリナはふたりのそばへ近づく。

「……何かありましたか？」

「それが、この方がさっきからモーリスさまに会わせろとうるさくて……」

「こんな夜更けにですか？」

「そうなんです。私が帰ろうとしたら、急に腕を掴まれて……、それで」

思ったとおり、だいぶ困っていた。

メリナはメイドから小柄な人物に視線を移し――、息を呑んだ。

「……あなた……は」

「私はただ、お会いしたいとお願いしているだけなんです」

目深にかぶったフードは取り払われているが、そのメイドの腕をすがるように掴むシワだらけの手、うつろな声には覚えがあった。

（……あの夜の……ッ）

メリナをルリアーナと勘違いした老人だ。

間違いない、と思った直後、手首を掴まれたときの力強い手の力が蘇る。心臓が早鐘を打つが、今はひとりじゃないと思い直し、深呼吸をした。

ここには、ルリアーナがいるのだ。

それを彼に気取られてはいけないし、ルリアーナの身に危険が及ぶようなことは避けたい。表門のほうに見張りの騎士がいたが、裏口には誰もいなかったようだ。

大丈夫、大丈夫。

そう自分を落ち着かせてから、メリナは老人を見た。

「……私で良ければ、お話を伺いますが」

しかし、彼はメリナを見てなんの反応も示さない。きっとメリナが誰なのかわからないのだろう。この間も、暗闇の中でルリアーナと見間違えるぐらいだ。もしかしたら、人の判別がつかないのかもしれない。理由はわからないが。

メリナは、とりあえず名乗ることにした。

「……申し遅れました。私は、ウィンランド家の者です」

厳密に言えば、まだそうではないのだが、相手の用件を聞くためにはやむを得ないと思い、そう名乗った。名前まで伝えるのはなんとなく嫌な予感がして、口に出せなかったが。

「もしかして……、メリナさま……でしょうか？」

なぜ、彼がメリナを知っているのだろう。

まさか知られているとは思わず、メリナは驚きに目を瞠った。すると、見えているのかいないのか、彼の興味は完全にメリナに向けられる。すがるように掴んでいたメイドから手を離した。

「おお、おお……ッ。そうですか、そうですか。それはちょうどよかった」

老人はメイドを離した手で、今度はメリナの腕を掴んでくる。あのときは暗くてよく見えなかったが、見上げてきた彼の目は少し白く濁っていた。

（……目が……）

もしかしたら、見えにくいのかもしれない。

杖《つえ》の類を持っているようには見えないが、彼の様子から必死さが伝わってくる。

「実は、縁談の件で」

「お孫さんのですか？」

以前、ルリアーナに断られた孫の存在を思い出し、ついうっかり口を滑らせた。

「そうです……、おお、そうです、そうです」

みるみる表情が明るくなっていく老人を見つめ、メリナはもしかして余計なことを言ってしまったかもしれない、と臍《ほぞ》を噛んだ。

「ああ、よかった。話がいっていた。うちの孫との顔合わせの時期などのやりとりが、まったく進まなくて、どうしても不安で不安で……」

それで、わざわざ王都から時間をかけて、ウィンランド家まで来たというのだろうか。

「……そう、だったのですか」

確かに、モーリスも話を進めないようにしていたと言っていた。

この老人が言っていることは間違っていない。が、それはつまり、メリナの縁談相手が彼の孫だということになる。縁談自体初めてのことで、どういう順序を踏まえるのが正しいのか、メリナにはわからない。だが、わかることもある。

縁談の話を持ってきたのは、モーリスだった。

彼に言われて、母は縁談の話をメリナにしたわけだから、縁談に関してはまずモーリスに話を通すべきだろう。

しかし、普段の仕事だけでなく、結婚式の準備で忙しそうにしているモーリスを、わざわざ起こすのも忍びなかった。遠くから来た彼にも申し訳ないが、今すぐモーリスと話をするには、非常識な時間帯だ。

「……大変申し訳ないのですが、義父《ちち》はもう休んでおりまして……。また日を改めてくださると助かります」

「ああ、構いません。今晩は、メリナさまに出会えただけで、よかったのです。お話を聞いてくださり、ありがとうございます。ウィンランド家とのつながりさえあれば、うちも少しは王家の方々に相手にしてもらえる。本当に、本当に、ありがとう」

メリナの手を両手で握りしめ、そう言って半ば強引に入ろうとしていた老人は、夜の闇に消えていった。メリナの胸に、複雑な気持ちを残して。

もやっとする胸を押さえるメリナに、今まで黙って見ていたメイドが不機嫌な声を出す。

「…………メリナちゃん、その手貸して」

「え？　あ」

彼女は突然メリナの腕を掴み、老人に掴まれたメリナの手をエプロンで拭った。

「ウィンランド家のよごれで汚したエプロンだから、今からちゃんと手を洗うのよ！」

気に入らないと言いたげに、メイドはメリナの手を汚し、さらに自分の手でそれを包み込む。

「いい？　メリナちゃんは、メリナちゃんだから」

「……」

「助けてくれて、ありがとう。メリナちゃんも早く寝るのよ」

そう言って、メイドは裏口の鍵をしっかり閉めてからメリナを伴い、表玄関から帰っていった。表玄関の施錠をしたあと、メリナは自室に戻って水を張った洗面器で両手を洗う。

手から老人のぬくもりと一緒に汚れがなくなっても、もやもやとした気持ちは晴れなかった。

第五章　夜祭り

ウィンランド家が治める街では、毎年秋に二日間の祭りを催す。

収穫を終えた時期にやる祭りのため、収穫祭と間違えられることがあるのだが、この地域だけ少し変わった風習があった。

「す、すみません……ッ！」

メリナは咄嗟《とっさ》にぶつかった相手に謝るのだが、相手は何も言わない。なんの反応もないのはおかしいと不思議に思い、そっと目深にかぶったフードを上げてみる。

すると、目の前にあったのは厚めの布を丸めた敷物のようだった。

その奥には怪訝《けげん》そうな顔をしているであろうフードをかぶった出店の店主が、メリナのほうを見ていたので、どうやら売り物らしい。メリナはフードを下ろして店主の前まで移動し、もう一度「ぶつかってしまい、すみませんでした」と謝ってから、人の波に紛れた。

時刻は夕方。

メリナは、街に出て夜祭りにきている。

今日は朝からウィンランド邸が慌ただしくしており、ルリアーナとシェリルはローズガーデンを挟んだ反対側にひっそりとあるウィンランド家のはなれと本邸を行ったり来たりしていた。

忙しそうにしているふたりを見てメリナも手伝うと言ったのだが、ふたりに体よく断られてしまった。

さらに本邸でも、明日の夜に控えた母とモーリスのお披露目に向け、メイドたちが最終調整をしていた。手伝いたくても、メイドたちがそれを許してくれないため、メリナは邪魔にならないよう夜祭りへ来たのだった。

「……」

空の色が濃い瑠璃《るり》色になっていき、薄闇《うすやみ》の中で出店に掲げられるランタンからじんわりとあたたかみを帯びた灯《あか》りが浮かび上がっている。そんな大通りでは行き交う人すべてがフードを目深にかぶり、片手にランタンを掲げていた。

ここの夜祭りは夕方ごろから始まる。

初日はフードを目深にかぶって男性だけがランタンを掲げて回るのが、昔からの習わしだ。髪の色や背の高さを気にすることがないせいか、メリナが純粋に外出を楽しめるのは、この日ぐらいだった。二日目はただの祭りになるので、フードもランタンもいらない。大人たちは収穫を終えた喜びを、酒やおいしい料理で祝うのだ。

メリナが初めてこの夜祭りに母と一緒にきたときは、フードだらけの通りを見て驚いた。みんなフードを目深にかぶってもあまり人とぶつからずに歩いている光景は、子どもの目から見ても不思議だったからだ。すると、母が理由を教えてくれた。

『ここではね、この祭りに妖精さんも参加しているんですって。でも、妖精さんは恥ずかしがり屋だから、こうしてフードを目深にかぶって、私たちはその姿を見ないようにしているの。ランタンは、足元がよく見えるために持つみたいよ。もしかしたら、ここでは昔は、妖精さんと一緒にお祭りをしていたのかもしれないわね』

当時、そう楽しげに母は言っていたが、あながち間違いではなかったのかもしれない。そう思えるのも、昨日ルリアーナからこの土地のことを聞いたからだろう。

メリナは、少しずつ増えてきた人の波から抜け出し、息をついた。

「……」

見上げた空は、すっかり夜になっている。

フードを目深にかぶっている人々がすれ違い、楽しげに会話をし、商品を売る声を聞きながら、メリナはしばらく活気あふれる通りを眺めていた。

明日の夜には、ノーラとモーリスがここを馬車で通過する。

沿道からは祝福の声がかけられ、花びらが舞うのだろう。盛大に祝われながら、ノーラもモーリスも照れたように手を振る様子が目に浮かんだ。

（……それが終われば、今度は……）

メリナの縁談が待っている。

実際に、母やモーリスから聞いたわけではないが、昨夜の老人の様子を思い出すに、たぶん話が進むのだろう。老人の言い方からして、メリナがウィンランド家の者であることが重要なように感じた。

身分があるというのは、きっとそういうことなのだ。

「……」

そう頭ではわかっていても、受け入れ難い何かがあった。

相談をしようにも、幸せに向かって忙しいはずの母とモーリスは、毎日シェリルとともにメリナのことも気にかけてくれる。母はメリナとシェリルのためにと空《あ》いた時間にお菓子を焼き、モーリスは新しいドレスを仕立ててくれた。

ふたりとも、大事な娘だと、愛情を向けてくれる。

そんな状況で、自分の縁談の相談などできない。

いくらふたりが「嫌なら断ってもいい」と言っても、今相談することではなかった。そもそも、縁談を受けたのは他でもない自分だ。だからといって、ふたりが正式な夫婦になってからでは遅い気がする。

（……私、どうしたらいいのかしら……）

最初から身分さえなければ、と考えかけて、ふるふると首を横に振った。

（だめよ、メリナ。それは、だめ）

それはつまり、母とモーリスとの再婚を祝福していないことになる。

ふたりの再婚を心から喜ばしいと思うとともに、自分の縁談に漠然とした不安がつきまとっていた。自然と出てしまうため息が、止まらない。それもこれも、昨夜会った老人の言葉がひっかかるせいだ。

（ああ、いけない）

せっかく夜祭りに来ているというのに、考え事ばかりというのはよくない。気分を変えるために、メリナは再び歩き出した。

しかし気づくと、答えの出ない悩みを、頭の中でぐるぐると考えてしまう。

心が、重かった。

「……はぁ」

また出たため息を止めることなく顔を上げたメリナの視界に、頭を悩ませている元凶が入り

込む。考えすぎて幻覚でも見たのかもしれないと思い、目をこすってみるのだが——、

「……」

確かに、そこにいた。

小柄で少し腰が曲がり、ランタンを手にしているその男の横顔は、昨夜見た老人のものだった。メリナは咄嗟に、老人から背を向けるようにして後ろへ振り返る。

背後に人がいるとは、考えもせずに。

「ぶふッ」

自分の行動が招いた結果とはいえ、メリナは背後に迫ってきていた人物に見事にぶつかった。思いきり顔をぶつけ、涙目になる。当然、鼻も痛い。俯いて薄く目を開けると、しっかり足が見えたことから、今度は人にぶつかったのだと理解した。

「ごめんなさい！」

鼻を手で押さえながら謝るのだが、相手はメリナの手首を掴んで歩きだし、道の端に寄った。文句でも言われるのだろうか。そう身構えて視線を落とすメリナに、相手は笑う。

「さっきも、何かにぶつかっていたね」

目深にかぶったフードからでは口元しか見えないが、彼の声を聞いたメリナはぴたりと動きを止める。いや、まさか。信じられない気持ちを隠しながら、顔を上げた。

「考え事をするならどこかへ入る？　それとも、誰かに追いかけられているのなら、手を貸すよ」

そう言って、彼はフードを軽く押し上げる。

かすかに見えた金糸の髪と、空を見上げるたびに思い出していた蒼い瞳が、そこにはあった。

陽も落ち、周囲にあるランタンの灯りだけだが、見間違えることはない。

もしかして、妖精にでも騙《だま》されているのだろうか。

そんな突飛な考えが浮かぶメリナを知ってか知らずか、彼は片手でそっと抱き寄せる。

「ほら、夢じゃない」

「ッ⁉」

ぎゅ、と腰に腕を回され、彼の胸元に顔を埋められた。

腰に回った手からはしっかりとしたぬくもりが伝わり、重なり合う胸からは相手の鼓動も聞こえる。鼻先をかすめるのは彼の香りで、メリナの心臓が大きく高鳴った。

「…………クラウス……さま……」

もう二度と口にすることはないと思っていた彼の名を紡ぐと、腕の力が緩む。恐る恐る顔を上げたメリナに、彼は優しく微笑んだ。

「なあに、メリナ」

もう二度と彼の声で聞くことはないと思っていた自分の名前に、胸が一気に熱くなる。みるみる視界がゆらいでいき、眦から溢れた涙が頬を伝った。

「……俺に、会いたかった？」

メリナの目元を指先でそっと撫でたクラウスの声が、優しく響く。

言いたいことはたくさんあるのに、言葉が出てこない。しかし、これだけはちゃんと伝えなければと、メリナは口を動かした。

「……さい」

「ん？」

「ごめ、んなさ……、……ごめんなさい」

クラウスは、その謝罪を聞きながらメリナの涙を指先で拭う。その優しい行動に、メリナは余計に涙を溢れさせた。

「……それは、あれから一度も王立図書館に来なかったこと？　ちゃんとお別れができなかったこと？　……俺のことを避けてたこと？　それとも、全部かな？」

メリナの謝罪の理由を並べるクラウスの声に、責めるような感情は感じられない。ただメリナの心に問うように、訊いてきた。昔、どうして泣いているのかを母に問われたときと、似たような感覚だ。

「……全部、です」

「そうか。なら、気にしなくていい」

クラウスが、微笑む。

きょとんとしてまばたきをするメリナに、彼は額を付け合わせて言った。

「メリナはあの日、自分の状況を俺に話してくれてただろう？　だから、何も言わずに王都を出るかもしれないだろうな、と予感はしていた」

「不義理をして、ごめんなさい……」

「メリナはまじめだなあ」

「……ごめんなさい」

「謝らなくてもいいのに」

くすくすと笑うクラウスが、何かを思い出したようにメリナを腕の中から解放した。

「じゃあ、これからのキミの時間を俺にくれないか」

言っている途中で、フードが落ちて口元だけになるクラウスに、メリナはしばらく目をまたたかせていたのだが、突然おかしくなって噴き出した。少しフードを上げたクラウスの顔は苦笑気味だったが、メリナの笑い声と笑顔に自然と表情がやわらかくなる。

「やっぱり、笑った顔がかわいいな」

瞬時に、頬が熱くなった。

彼は、何も言わずに固まるメリナの手をとって歩き出した。人の波に紛れるように、歩幅を合わせて通りを歩く。メリナひとりでいるときよりも、不思議と歩きやすかった。

「話には聞いていたが、すごい人だ」

夜祭りと言われているだけあって、夜になればなるほど人が増える。さっきまでは、ぼんやりしてても歩くことができたが、今はさすがに無理だ。

それほど、人が多くなった。

「実は、夜祭りに来たの初めてなんだよね」

クラウスが、つぶやく。

「そうなんですか？」

「ああ。どんなものなのか経験したくて興味本位で来てみたんだが、ひとりだと味気なくて……。そろそろ行こうかと思ったところで、キミを見つけた」

今ほどではないが、ぶつかる程度に人はいた。

その中で、彼はメリナを見つけたというのだろうか。

そう思うと、せっかく冷えた頬がまた熱くなる。

「でも、なんて声をかけたらいいのかわからなくてね。気づいたら、メリナを追いかけていたんだ」

「あ、だから私がぶつかったことを?」

「目の前で見てた。何か考え事をしているようだったから、その邪魔をしても悪いと思って、しばらく様子を見ていたんだ。あそこで、急に振り返るとは思わなかったけど」

「……すみません」

「メリナは、謝ってばかりだな」

ふふ、と笑うクラウスを、メリナはそっと見上げる。

彼は、とても楽しそうだった。

手をつないでいる安心感からか、メリナは周囲を見るよりもクラウスから目が離せない。このままずっと見ていたい、そんなことを考えていると、ふいにクラウスの視線が自分に向けられる。

心臓が、大きく高鳴った。

「おいで」

フードの下から覗く優しい微笑みに引き寄せられるように、メリナは彼に手を引かれた。

連れてこられたのは、軒下にある出店だ。

そこには、色とりどりの宝飾品が並べられ、どれもこれもが美しい。キラキラと輝くそれらの商品をまじまじと眺めて、クラウスは関心したように言った。

「さすが商人の街だ。いい品が揃えられている」

「お、あんちゃんいい目をしているね。どれかひとつどうだい？」

「あはは、今吟味《ぎんみ》中だよ」

「だったら隣のおじょうちゃん！」

まさかそこで自分に話を振られるとは思わず、メリナは驚きの声をあげた。

「え？　わ、私ですか⁉」

「あんた以外に、あんちゃんの隣は誰もいないよ」

驚きをあらわにしたメリナに、店主が「あんた、おもしろいね」と豪快に笑う。

「もし、いいと思うものがあったら、手にしてみるといい。そいつが、おじょうちゃんを呼んでいたかどうかがわかるよ」

「……呼ぶ……って、いうのは」

店主の言っている意味がいまいちわからず、首を傾げる。

「これは、俺たち商人の間でまことしやかに伝わってる話なんだが、夜祭りで出会ったモノは、一生ものの出会いになるって言われているんだよ。なんでも、妖精の加護があるとかないとか」

「そうなのか？」

クラウスが、店主の話に興味を持ったらしい。

「ああ。他にも、今晩、この祭りで並んでいる品物は、そばにいたい主人を探している、とも聞いたことがある。その縁を確認するのが、触れることらしいよ。まあ、俺んとこじゃなくても、あんちゃんやおじょうちゃんの目に、留まるものがあるといいな。良いものと、出会えますように」

穏やかに言った店主を前に、隣にいるクラウスがメリナに問う。

「何か、気になるものはあったか？」

メリナはクラウスを見て、申し訳なさそうに首を横に振った。

「……ごめんなさい」

「いやいや、いいよ。そういうものだ」

店主に謝ると、彼は彼で構わないと言って笑う。

心優しい店主に、クラウスとメリナは感謝を言い、そこを離れようとする。歩き出そうとしたメリナだったが「おじょうちゃん」と、店主に呼びかけられて足を止めた。振り返ったメリナに、店主は続ける。

「手にしたものを、大事にな」

「はい。教えてくれて、ありがとうございます」

何も買わなかったのに、店主はクラウスに手を引かれるメリナを、手を振って見送ってくれた。

「……買わなくても、いいんですね」

意外だったと、言うメリナにクラウスは正面を向いて人の流れを見ながら言った。

「商売というのは、たくさんの人の目に触れることが大事だからな。物との出会いというのは、そういうものだ」

「……べ、勉強になります」

「そういうところも、かわいいんだな」

笑いながら言われてしまい、メリナは返事をすることができなかった。

「……しかし、あの商人が言っていたことはおもしろかった。品物にも縁があるのだな。それも、今晩は妖精の加護があるかもしれない、と。……うん、せっかくだから、いろいろと見て歩こうか」

そこから先は、クラウスに言われるまま手を引かれ、さまざまな出店を見た。

食べ物や宝飾品だけでなく、見たことのない壺《つぼ》や敷物まで売っている。メリナが、並べられている商品に気を取られると、すぐにクラウスに気づかれ「どれが欲しい？」と囁かれた。そのたびに「いりません」と断るのだが、クラウスは諦めなかった。

彼は楽しそうにしているのだが、さすがにこれ以上断り続けるのも申し訳ないと思い、メリナはクラウスに飲み物をお願いする。この地域で採れたりんごで作った酒に、シナモンやハーブなどのスパイスを加えてあたためたものだ。しかも、そこの店主がとても気のいい人で、メリナとクラウスにアップルパイまでつけてくれた。

せっかくだから、少し歩いた先にある広場で、もらったアップルパイとあたたかい酒を飲むことにする。噴水を背に、石段の上に揃って腰を下ろした。

「石、冷たくない?」

「大丈夫です。クラウスさまは平気ですか?」

「ああ」

ランタンを足元に置いたクラウスに、メリナは彼の分のアップルパイを渡した。

「じゃ、いただこうか」

「はい」

鼻先をかすめるりんごとスパイスの香りに混ざって、手にしたアップルパイからバターのいい香りがする。ちらりと隣を見ると、クラウスはあたたかい果実酒を口に含み、ほっと息を吐いていた。りんごの香りがする白い吐息が、夜空に立ち上る。

「ん、んまい」

「よかったです」

そして、次にアップルパイを頬張った。

一度、二度、咀嚼《そしやく》しただけで、クラウスがフードを少し上げて目をキラキラに輝かせる。彼の表情を見ているだけで、アップルパイはおいしいのだと理解した。自然と口元が緩むメリナも、クラウスに倣ってアップルパイを頬張った。

「……ん――！」

おいしい。

さくっとしたパイ生地だが、中がもっちりしていて鼻からバターの香りが抜けていく。その間に、りんごの酸味と甘味《あまみ》が一気に口の中に広がった。母が作るアップルパイとはまた違うおいしさに、口の端が上がる。

ああ、幸せだ。

おいしいものは、幸せを連れてくる。しかし、その幸せはアップルパイだけではなかった。視線を合わせて微笑みながら食べる相手――クラウスがいるのだ。

あたたかい果実酒のおかげもあるが、アップルパイを食べ終わるころには、メリナの心も身体もぽかぽかになっていた。

「……はぁ、おいしかった」

「そうだな」

「クラウスさまの、おいしく召し上がる顔を見られて嬉しかったです」

「随分と見られている気がしていたが、まさかメリナの視線だったとはな」

ふふ、と笑うメリナにクラウスも微笑み、人が行き交う正面を向く。

「……少し、安心した」

空にした木のコップを手元で弄び、クラウスは言う。

「悩み事を考える暇がないぐらい、楽しんでもらえて」

そう続けられた一言に、メリナの心臓がかすかに震えた。

もしかして、知らない間に心配をかけていたのだろうか。

そう思うと、胸がきゅぅと苦しくなる。メリナが、なんて答えようかと悩んでいると、クラウスは話題を変えた。

「ところで、俺と会う前に突然振り返ったのはなんだったんだ？　何か見つけたような動きだったが……、本当に、誰にも追いかけられていないんだよな？」

再会する前のことを思い出したのか、少し心配した表情を向けるクラウスに、メリナは少し逡巡して頷いた。

「……はい。確かに追いかけられてはいないのですが……」

「ん？」

「その、会いたくない人を、目にしてしまいまして……」

苦笑を浮かべるメリナに、クラウスが目をまたたかせる。

「実は……、その、クラウスさまの言ったとおり、私のところにも縁談の話がきました」

緊張しながら伝えると、彼は視線を彷徨《さまよ》わせて、少し動揺しているようにも見えた。

「…………そう、か」

「先程言った会いたくない人というのは、その方のおじいさまなんです」

彼の視線が、再びメリナに向けられる。

「……そう、なのか？」

「はい。昨夜遅くに、ウィンランド家に押しかけてきたんです……。あ、でも、大丈夫ですよ。私が話を聞いたら、安心したのかすぐに帰られました。なんでも、縁談の話が進まなくて不安になったようで……、それで直接、お義父さまとお話をしたかった、と」

もやもやとした感情が蘇り、視線が自然と落ちる。思い出したくないことまで、思い出してしまった。ため息をつかないよう気をつけていたのだが、彼は何か気づいたように言った。

「……他に、何を言われた？」

勘のいいクラウスに優しい声で促されてしまい、メリナは鼻の奥がつんとした。彼に関係がないとわかっていても、彼の優しい声がメリナの心をこじ開けてしまう。

「…………これで、王家につながりができる、と」

「……」

「……身分というのは、心が不自由になるのですね。私は、母に再婚の話がくるまで、身分のことを考えたことはなかったのですが……、ああ、あからさまに言われると……メリナ《わたし》が求められているわけではないのだと……、そう、実感して……しまいました」

昨日、ルリアーナが言っていた「利用」という言葉が、重くのしかかる。

「身分ができたら、結婚に幸せを求めてはいけないと……頭ではわかっていたのですが、わかっていたつもりだったんですね」

ため息交じりに、苦笑した。

「……では、どうする？」

静かな、声だった。

メリナの覚悟を、本心を、引き出すような、そんな声だ。

試すような言い方に、聞こえた。周囲の話し声よりも、自分の鼓動がよく聞こえる。ただ隣にいるだけだというのに、メリナとクラウスの周りだけが緊張に満ちていた。

　メリナは小さく息を吸い、答える。

「努力します」

　はっきりと言うメリナに、クラウスは黙っていた。

「結婚をするなら、せめて心があるほうが……嬉しい、から」

　だから、がんばりたい、と。

　自分の気持ちを、言葉にする。

「……それは、努力をしなければ、好きにはなれないと聞こえるな」

　そのとおりだ。メリナには、努力が必要な理由がある。――メリナはクラウスを見た。

「だって、クラウスさまではないから」

「……」

「クラウスさまでなければ、……どなたでも一緒です」

　自分の結婚相手がクラウスではないのだと思うだけで、胸を占めていた甘い気持ちはなくなり、重くなる。驚くほど、自分の心は素直だった。それに気づけただけで、良かったのかもしれない。

　メリナの予感は、当たった。

　クラウスに会って、この想いに名前がついてしまった。

「……私は」

メリナは続けようとしていた言葉を、呑み込む。

これ以上は、自分の心を伝えてはいけない、と。

直感めいたものが、働いた。

「……なんだ？」

途中で言うのをやめたメリナに、クラウスが木のコップをメリナの近くに置き、先を促す。

しかし、メリナはクラウスの使っていた木のコップを手にして、立ち上がった。

「これ、返してきますね」

「メリナ」

「クラウスさまは、ここで少し待っててください」

それだけ言い、メリナはフードを目深にかぶって背を向けた。

多くなっていく人波に紛れたところで、ようやく自分の頬が熱いことに気づく。手で顔をあおぎたいが、両手で木のコップを持っているせいでそれはできない。メリナは、さっさと気のいい店主のいる出店に向かった。

しばらく戻ったところで出店の店主が、先にメリナに気づいてくれた。

「お嬢ちゃん、こっちだ、こっち」

彼が大きな声で呼んでくれたことで、人の波を遮りやすくなった。

進行方向に向かっている人たちの間を縫って、メリナは店主の元へと辿り着く。しかし、その間にフードが外れてしまった。遮りやすくなったといっても、人の波に揉《も》まれるのは変わらない。しかも、両手はコップで塞がれている。メリナはあとでかぶり直そうと思い、手にした木のコップを店主に渡した。

「あの、おいしかったです……！　アップルパイも、お酒も！」

「そうかいそうかい。それは何より。一緒にいたあんちゃんも、喜んでくれたかい？」

「はい！　それはもう、とてもおいしそうにしていました！」

「ん。お嬢ちゃん、幸せをありがとうな」

店主はそう言って、にんまり笑ってくれた。

メリナもまた、伝えてよかったのだと、胸があたたかくなる。最後にもう一度だけお礼を言い、クラウスのところへ戻ろうとした――そのとき。

「……ッ⁉」

突然、手首を掴まれて振り返る。

そこには、フードを目深にかぶった小柄の――、

「メリナさま」

今、一番会いたくない老人がいた。

夜空に浮かぶ細い三日月のように口の端を上げ、老人はメリナの腕を掴んで勝手に歩き出した。

「よいところに、よいところに……」

どうして、メリナだとわかったのだろう。

(もしかして、フード……⁉)

さっき外れてしまったことを思い出す。フードをしている人たちの中では、かぶっていないメリナの顔はよく目立つ。背の高さも災いした。これでは、見つけてくれと言っているようなものだ。

今さら後悔しても遅いが、とにかく今はこの場をなんとかしようと試みる。

「あ、あの、放してください」

「いいえ、それはできません。せっかくここで会えたのです、ぜひ孫に会ってください。どんなにウィンランドさまに言っても、お会いするところまでいっていないのです。ぜひに、ぜひに」

言いながら、腕を掴む手の力が強くなった。

(痛い……ッ)

骨が軋むような痛さに、顔がゆがむ。

しかし、老人は気にすることなく歩を進めた。彼の孫になど会いたくない。いくら縁談相手だとしても、母はまだ再婚していない。メリナはまだ、身分に縛られなくてもいいはずだ。だというのに、老人は相変わらず聞く耳を持たなければ、自分の家のことしか考えていない様子だった。

（ごめんなさい……ッ）

心の中で謝りながら、老人の手を振り払おうとしたのだが、びくともしない。

こんなに小さな身体に、どれだけの力があるのだろう。驚くとともに、恐怖も感じる。それでもメリナは、抵抗することをやめなかった。

「私、人を待たせているのです。あなたのお孫さんには会えません」

「……」

「この手を放してください。痛いんです」

「……」

「お願い、放して」

それでも、返答はなかった。

声をあげて助けを求めようともしたが、老人の気持ちをいたずらに傷つけたくはなく、未来の家族になるかもしれない彼を、辱《はずかし》めたくなかった。どうしたらいいのだろう。そう悩んでいる間に、状況は刻一刻と変わっていく。

（ああ、広場が……ッ）

通り過ぎてしまった。

老人は人の波を見ながら、ひとけのないほうへと進んでいるらしい。気づいたら、夜祭りから抜けていた。

「こちらです、こちらです」

彼の視線の先には、道の端で停《と》まっている馬車があった。

うっすらと灯りが見えるが、どこか不気味に見える。老人は、そこへメリナを連れて行こうとしていた。

何か、嫌な予感がする。

このまま、この老人の手に導かれるのは、とても嫌だと思った。

「私、会いたくありません」

「……」

「行きませんッ！」

人がいなくなったのをいいことに、メリナは両足に力を入れて踏ん張る。それには、老人の足も止まった。人の波に流されている状態でなければ、全身で拒絶することはできる。老人は、ゆっくりとメリナに振り返った。

「どうして……ですか」

「母はまだ再婚していません。私は、ウィンランド家の名を背負っておりません」

「しかし、もうその名を背負う」

「まだ、背負いません！」

メリナは叫び、しっかりと手首を掴む彼のしわだらけの指を外して、どうにか手首を引き抜こうとする。これには、さすがに相手も驚いたのだろう。もう片方の手で防ごうとしたのだが、遅かった。彼の手にもう一度掴まれる寸前に、メリナは手を引き、自分の手首を自由にした。

「メリナさま……！　あと、あともう少しなので！」

「嫌です！」

自分でも驚くぐらいはっきりとした拒絶が、言葉になった。

「……嫌です」

まだ、老人の腕の力が残る手首を胸元に引き寄せ、痛むそこをもう片方の手でそっと撫でる。さっきまで一緒にいたというのに、もうクラウスが恋しい。

クラウスに、会いたかった。

彼の熱を、感じたかった。

「……い、一度引き受けた縁談は、断りません。ちゃんと……、然《しか》るべき順序で、モーリスさまが進めてくださるはずです。でも今は、今はまだ、私はウィンランド家の人間ではありません」

「……」

「今だけは、心のままにいさせてください」

ただのメリナでいたい。

そうでなければ、――彼のそばにもいられない。

その理由を、取り上げないでほしかった。

「私は、クラウスさまと一緒にいたいのです……ッ！」

限られる時間を、彼とともに、もう少し。

ささやかな願いをメリナが叫んだ、そのときだった。

「なら」

突然、背後から聞こえた声とともに腹部に腕を回され、引き寄せられる。

「奪ってしまっても、問題はないな」

聞き覚えのある声が、もっと近くなった。

メリナが振り返って見上げると、フードの下からクラウスの顔が見える。彼は、かすかに息が上がっていた。もしかして、探してくれたのだろうか。自分を抱く彼の腕は力強くて、まるで「もう離さない」と言っているようにも感じる。クラウスの腕の中にいると実感したら最後、視界が涙でぼやけていった。

会いたくて、そのぬくもりを感じたいと思っていた人が、そこにいた。

もう、それだけでだめだった。

メリナはクラウスの鎖骨のあたりに頬を預ける。溢れた涙が、彼の外套《がいとう》を少し濡らした。

「申し訳ないが、失礼するよ」

「お、お待ちください……ッ、メリナさまを……！」

それでも引き下がらない老人に、クラウスが足を止める。

「彼女が、そうしたいと言っている。聞き分けぐらいよくしたらどうだ？　モラン伯爵」

「あ、……あなたさまは、も、もしや……」

「孫同様、あなたもはっきり邪魔だと言わなければわからないほど、気が利かないのか？」

ひどく、それはひどく冷たい声だった。

不思議と怖くないと思えるのは、腕の中があたたかいせいだろうか。メリナは初めて助けてもらったときのことを思い出しながら、そんなことを思った。

「行こうか」

先程とは打って変わって、優しい声が落ちる。

すると、急に浮遊感に包まれた。咄嗟に彼の首に腕を回したところで、彼に抱き上げられたのだと理解する。そうして連れてこられたのは、一頭の馬の近くだった。

彼は一度、メリナを地面に下ろしてから馬に乗せ、自身はその後ろに飛び乗る。

「街を出たら、少し速度を上げる。少し怖いかもしれないが、なるべく穏やかな気持ちでいてもらえると嬉しい。馬は、とても臆病な生き物だから」

戸惑うメリナに気づいていたのだろうか、クラウスが手綱を握りながら優しく言った。メリナは背後にいるクラウスに、頷いて応える。すると、彼が頭を撫でてくれた。メリナは、そっとまたがった馬の頸《くび》のあたりを手で撫でた。

「少し、乗せてくださいね」

小さく声をかけると、馬がかすかに首を振ったように見えた。

「あとは、乗りながら覚えて」

クラウスが耳元で囁いた直後、馬がゆっくりと歩き出す。カッカカッカッ、と一定の音を立てて蹄を鳴らしていたが、やがて独特な律動を伝え、少しずつ速くなる。腿《もも》の内側に力を入れ、落ちないよう揺れる鬣《たてがみ》を見ていた。

「……メリナ、少し前を見てごらん」

風の匂いが変わった、と思い、クラウスに言われるまま顔を上げて、正面を見る。

冷えた風が頬を冷やしていく中、真っ暗な空にたくさんの星が煌《きら》めいていた。ときおり木々で見えなくなるが、開けた視界に宝石を散りばめたような星空が現れると、自然と心が躍った。

「これが……、クラウスさまの見ている世界なのですね」

「気に入った？」

「はい！」

後ろから顔を出したクラウスに微笑むと、彼の視線は正面を向いたままだったが、嬉しそうに微笑んでくれた。

「寒くないか？」

「大丈夫です。クラウスさまは？」

「メリナに、くっついていればあたたかい」

後ろから抱きしめられることはないが、背中にクラウスの体温を感じる。メリナもまた、彼の体温を感じられていれば、それでよかった。

「同じですね」

「そうか、同じか」

「ぎゅってできないのが、残念です！」

メリナの声に、クラウスが笑う。

そんなやりとりがとても嬉しく、楽しかった。

だから、つい心の声が漏れてしまったのだろう。

「……私……、愛《め》でられるなら、クラウスさまがいい……」

広場で言いかけてやめたことを、つぶやいてしまった。

風にかき消える程度の声だが、それでも言ってはいけないことを口にした。もう彼を求める資格はないというのに。

馬の蹄の音が消してくれることを祈って、メリナは前を向く。

やがて、ウィンランド邸が見えてくると、速度がゆるやかになった。もう、こうしている時間がないのだと嫌でも気づく。自分の気持ちを伝えるのなら、今しかない。しかし、気持ちを伝えたからといって『彼との未来』がないのなら、伝えたところで意味はない。それもわかっているからこそ、メリナは苦しかった。

「着いたよ」

ウィンランド邸の正面で馬を止め、クラウスが先に下りた。

「右足をこっちに……、そう、そうしたら両足が揃《そろ》うから、そのまま下りてごらん」

彼の声に導かれるようにして、馬から下りる。途中で、クラウスがメリナの腰を掴んでくれたおかげで、着地は軽かった。

「……ありがとう」

メリナは、馬の背を撫でて感謝を伝える。

馬はかすかに鼻を鳴らした。まるで会話をしているような感覚に、思わず笑みが浮かぶ。

しかし。

「メリナ」

クラウスの声に、心が苦しくなった。

ゆっくりと振り返ったメリナに、彼は手を差し出した。

「おいで」

いやだ、と首を横に振りたかった。

もっと彼と一緒にいたかった。

もう、離れたくなかった。

「メリナ」

しかし、そんなわがままは言えない。

「……クラウスさま、あの」

「ん？」

笑みを浮かべる彼に、メリナはそれ以上何も言えなかった。

弱虫。――頭の中で、そんな言葉が浮かぶ。

「……なんでもありません。あの、ここまでで大丈夫です。私――」

そう言って離れようとしたのだが、クラウスは逆にメリナの腕を引いて、抱き上げた。横抱きにして。

「クラウスさま……ッ⁉」

「はい、もう覚悟して。……俺もするから」

言っている意味がわからない。

メリナが小首をかしげていると、馬番がクラウスの馬を引いていき、メイドから帰宅の報《しら》せを受けただろうモーリスが、母とともに慌てた様子で玄関から飛び出してきた。

「メリナ……！」

母の声が響き、メリナはクラウスに抱かれている姿を母に見られてしまったのだと気づく。

これはまずい状況なのではないだろうか。メリナが、言い訳という名の状況説明をしようとした瞬間。

「陛下……ッ！」

モーリスの声が、一際大きく玄関前に響いた。

その一言に、メリナの時間が止まる。

「……へい……か……」

モーリスの言葉をなぞり、メリナが呆然《ぼうぜん》とクラウスを見つめた。

「……モーリス、陛下はやめろ。儀式はしたが、戴冠式はまだだ」

ため息交じりに言うクラウスの表情は、やわらかい。それだけで、モーリスとの仲がうかがえた。

「この地で、ご報告をするまでになられたのです、それはもう立派な国王ですよ、クラウスさま」

モーリスもまた、クラウスに心を許しているような様子だ。

「父にいろいろ押しつけて城を空けることができるのも、今ぐらいなんだ。あまり思い出させないでもらえると嬉しいんだが？」

メリナの知っているクラウスとは少し違う彼が垣間見《かいまみ》えて、ドキドキする。

「それは失礼しました。……ところで、なぜメリナを？」

「ん？　ああ、夜祭りに行ったらそこで会ってな」

話題がメリナに変わったところで、クラウスが地面に下ろしてくれた。不思議な表情をするモーリスと母に大丈夫だと伝えるように、メリナも頷く。

「そうなんです」

　すると、モーリスは安心したように息を吐いた。

「そうだったのか。帰ってくるのが遅いから、心配していたんだよ。昨夜、モラン伯爵がうちに押し入ろうとしていたと、さっきメイドから聞いてね。ノーラと迎えに行こうかと話していたところだったんだ」

　まさか、ここであの老人の名前が出るとは思わず、メリナは肩を揺らす。

ただでさえ心配をかけているふたりに、追い打ちをかけるようなことはできない。曖昧に笑ってこの場をやり過ごそうとしていたメリナに代わり、クラウスが隣で続けた。

「そのモランだが、メリナを強引に馬車へ乗せようとしていたから、奪ってきたぞ」

　平然と言ったクラウスの発言に、モーリスと母の視線が一気に集まった。

「なんだと⁉」

「なんですって⁉」

　揃って叫んだふたりが、すぐにメリナのそばに近づく。身体に異常がないかを確かめるように、母はメリナを触った。モーリスは泣きそうな顔でメリナを見る。そんなふたりから、メリナはクラウスに視線を移した。

「クラウスさま」

「だって、本当のことだろう？」

「そうですけど！」

「真実を伝えないと、ふたりにもっと心配をかけることになる」

そう言われてしまえば、何も言えない。

メリナは心配をあらわにしているふたりを見た。

「クラウスさまに、助けていただきました。だから、私は大丈夫です」

安心させるように微笑むと、母が一番に抱きしめてくれる。

「ああ、そんな恐ろしいことになっていたなんて……ッ！」

「クラウスさま、ありがとうございます。なんてお礼を言ったらいいのか……！」

「気にしないでいい。メリナも俺も無事だったからな。それに、おまえには子どものころから
よくしてもらっている。気にするな」

「クラウスさま……。本当にまったく、あなたという方は」

「なんだ、小言なら聞かないぞ」

「言っても、ほとんど聞いていないじゃありませんか」

「ばれていたか」

　クラウスとモーリスは仲の良さを窺える会話をしながら、邸宅へと入っていった。母もまたメリナを腕の中から離す。

「……私たちも、中へ入りましょうか」

　優しい声に泣きそうになりながらも、メリナは母を見て心配かけたことを謝った。

「……ごめんなさい、お母さま」

　母はメリナの頬を撫で、微笑んだ。

「大丈夫よ。無事に、帰ってきてくれたんだもの。本当によかったわ。クラウスさまには感謝ね」

　そう言って、メリナを中へと促した。

　モーリスとクラウスの後ろを母と一緒に歩きながら、メリナは疑問を投げかける。

「お母さま、あの、陛下って……」

「ああ、クラウスさまのことよ。クラウス・ディア・ダールトン……厳密に言えば、まだ殿下。でも、もう内々では即位されたことになっているの。即位の儀式をこの間終えられて、この地で妖精に即位のご報告をしてから、王都で戴冠式をするのよ。そこで初めて、周囲に国王として認められることになる」

　母の説明を聞き、モーリスが話していた意味をようやく理解した。

モーリスとクラウスは、揃って応接室へ向かい、メリナは母と玄関ホールに残される。

「湯浴《ゆあ》みの準備はできているから、あなたはもう休みなさい。陛下へのご挨拶はまた改めて時間を取りましょう。お腹《なか》が減っているのなら、何か持っていきましょうか?」

「あ、……えと、じゃあ、ハーブティーをお願いします」

「任せて。部屋に届けておくわ」

「ありがとう、お母さま」

母は、最後にメリナの額におやすみのあいさつ《くちづけ》をして、キッチンへ向かった。ここに実質——この国の王がいるのだから、母はこれから大変になるのだろう。

母を煩わせないためにも、メリナは湯浴みをするために階段を上がる。

一段、一段、上がりながら、クラウスとのことを思い出す。

「……クラウス・ディア・ダールトン……陛下」

つぶやくだけで、胸が熱くなった。

第六章　葛藤

「——ふぅ」

湯浴みを終え、しっかり身体をあたためてから、メリナは寝室に戻ってきた。

燭台には灯りが灯され、炎が揺らめいている。就寝のための準備もしてくれたようだ。少し濡れた長い髪を右肩から流して編み込みながらベッドへ近づくと、ベッドそばのナイトテーブルにハーブティーが置かれていた。

メリナはナイトテーブルの引き出しから髪紐を取り出し、三つ編みの最後を縛る。

ベッドへ座り、ハーブティーをソーサーごと手にして、カップに口をつけた。熱すぎず、だからといってぬるすぎるわけでもなく、ちょうどいい温度だ。カモミールの落ち着く香りが鼻から抜けて、息を吐く。

ようやく、落ち着けた気がする。

長く湯につかっていたせいか、今はほんのり汗をかいているが、さすがに冬に向かっている季節だと、夜はそれなりに冷えた。寝室を満たす冷気で汗が引いていくのを感じながら、メリナは一度手にしたティーカップをソーサーへ戻す。そして、ナイトドレスの上に羽織っていた肩掛けを肩まで上げ直した。

それからもう一度手にしたティーカップで手をあたためるようにして包み込み、また口に運んだ。湯浴みをする前にあった、興奮とも、驚愕《きょうがく》ともしれない乱れた気持ちが、嘘のように穏やかになる。

(……まさか、クラウスさまが、……王族の方だったなんて……)

彼の本名を初めて知った。

貴族だとわかっていたが、まさかこの国の国王になる方だったとは。

あのときの驚きは幾分収まってきたが、同時に今までの態度が馴れ馴れしかっただろうかと後悔も大きくなる。そこは、バスタブに浸かりながら、これでもかというぐらい反省した。しかし、それ以上に、

(何も言わなくて、良かった……)

安堵のほうが大きい。

すでに縁談相手のいるメリナが、無邪気に心を伝えていい相手ではなかった。

そもそも、今日は貴族ではない自分《じゆう》を満喫する予定でいたのだから、心を伝えたところでど

うにもならないのはわかっていた。相手は国王になる方だ。身分のないメリナを相手にするわけがない。それをわかっていても、伝えたくなってしまうのが、きっとメリナがかかっている病の名前なのだろう。

その病の名は——。

「……ッ」

ドアをノックする音が聞こえ、メリナは我に返る。

「はい」

飲みかけのハーブティーをソーサーごとナイトテーブルに置き、小走りにドアへ近づく。こんな時間に誰だろうか、と思いながらドアを開けると——。

「こんばんは」

息が、止まりかけた。

一瞬にしてその場で固まったメリナの前、正確には部屋の前だが、そこに立っていたのは、再会してからずっとメリナの頭を占めていた存在——クラウスだった。

胸元のクラヴァットは外され、少しゆったりとした格好でそこにいる。

心臓が痛いぐらい脈打ち、どうしたらいいのかわからない。

ただ目をまたたかせるメリナに、クラウスは寝室の中を指差した。

「入っても？」

声が出るよりも先に、身体が勝手に動く。メリナは二度頷き、招き入れるようにドアを開いた。クラウスが中に入ったのを確認して、ドアを閉める。

これで、クラウスとふたりきりになった。

その事実を実感したら最後、今度はどんな顔をすればいいのかわからなくて、メリナはドアノブを掴んだまま振り返ることができなかった。

このままずっと、ドアとにらめっこをしていたい。

そう思っていると、後ろからそっとドアに手を置かれ、背後に気配。

「いつまでそうしているつもりかな」

耳元で囁かれ、腰骨のあたりがざわついた。

ぞくぞくとした感覚と一緒に、胸に甘い気持ちが沸き起こる。その場で腰が抜けそうになりながらも、メリナは慌てて身体を反転させた。

「む、向きました！」

「ん」

満足気に微笑んだクラウスが少し離れ、メリナに手を差し出す。ここまでされたら、手を取らないわけにはいかなかった。そっと手を重ねるメリナの手を優しく掴み、クラウスはエスコートをするようにして、ベッドまでやってきた。

「はい、どうぞ」

促されるままベッドへ腰を下ろすと、彼はにっこりと微笑む。

「隣に座っても?」

許可を問われたら、答えは「はい」だ。

「……どうぞ」

「ありがとう」

これも笑顔で返事をし、彼はメリナの隣に座った。

(……どうして、こうなったのかしら……)

メリナの寝室で、メリナのベッドで、メリナの隣にはクラウスがいる。

緊張と、妙な羞恥に襲われ、顔を上げることができずに、メリナは膝の上に置いた両手を重ね合わせた。

「メリナ」

「ひゃい!」

声が、裏返った。

(……ああ、消えたい)

変な声になったのが恥ずかしくて、一瞬にして頬に熱がこもる。耐え難い羞恥の中、メリナの背中がいっそう丸くなり、目に涙が浮かんだところで、彼が、

「――ふッ、ふふ」

笑った。

その声に、メリナは思わず隣にいるクラウスを見た。彼は口を右手で覆い、かすかに背中を丸めてこらえるようにして笑っている。その楽しげな横顔を呆然と見つめていると、クラウスがちらりと視線を向けた。

「す、すまない。悪気はないんだ。……悪気はないんだが……、くくッ、メリナがあまりにも緊張しているから……、はぁ」

笑い終えたクラウスが、息を吐き、メリナに優しく微笑んだ。

「かわいくてな」

また、それだ。

甘い声で微笑みで、愛でるように言われ、わけもなく泣きたくなる。

胸がいっぱいになり、どうしたらいいかわからなくなる。――わからなく、させる。

「……メリナ?」

「困ります」

「ん？」

「……あまり、そう……愛でないでください……」

クラウスから表情が消え、その手がメリナの頬を覆う。

「どうして、わかった？」

低く、誘うような声が、近づく。

「……目……が」

そういう目をしていた。

言葉だけではなく、その視線が、表情が、声が、メリナを「かわいい」と言った。言われたような気がしただけかもしれないが。

「……そう」

すると、彼の指先が頬を撫でた。

くすぐるような、肌の感触を楽しむような、あやすような動きに肌がざわつく。かすかに甘いしびれが、腰骨のあたりを疼かせた。

愛でられている。――今度は、彼の指先で。

それに気づいたときには、彼の吐息が唇に触れていた。

「……ッ」

メリナは、咄嗟にクラウスの唇を指先で防ぐ。

これには彼も驚いたのか、目をしばたたかせた。

「メリナ?」

彼の唇のやわらかさと吐息、声が、自分の指から伝わり肩が震える。メリナは視線を落とし、次にクラウスの胸元を押して距離をとった。

「いけません」

どこか、自分に言い聞かせている感覚に近いせいだろう。

完全な拒絶にはならず、メリナの手はクラウスの大きな手に包み込まれてしまった。

「メリナ」

「……」

「メリナ、俺を見て」

「だめ……です」

「どうして?」

「愛でるから」

「なぜ、……それがいけないのか、わからないな」

言いながら、クラウスはメリナの手を口元に持っていったのだろう。指先に吐息が触れ、そこへやわらかな感触が押しつけられる。

「んッ」

唇の感触に、メリナの肩がわずかに震え、吐息が漏れた。

「メリナが言ったのだろう？」

彼の唇が、指先に触れたまま告げる。

「愛でられるなら、俺がいい……と」

続けられた一言に、メリナは思わず顔を上げた。

それを待っていたと言いたげに口の端を上げたクラウスが、メリナの腰を抱き寄せる。もう片方はメリナの手を離し、彼女の膝の裏を抱え上げた。簡単に彼の腕に抱き上げられたメリナは、ベッドに寝かせられる。

「……クラウスさま、あの」

メリナは助けを求めるように、離れていく彼の腕のシャツを掴んだ。クラウスはすがるようなそれをちらりと見て、もう片方のメリナの手をうやうやしく手に取った。そして、メリナを見ながら、指にくちづける。

「……俺と、一緒にいたいと言った」

「……」

「だから、奪ったんだ」

ゆっくりとした、穏やかな声が寝室に響く。

「メリナが、メリナでいられるうちに」

心臓が、ことり、と音を立てた。

指に吐息が触れ、甘い声が誘うように言う。

「まだ決まってもいない縁談相手に操《みさお》を立てているのは、とてもメリナらしいけれど、……愛でるだけだよ。奪ってほしいとは言われていないからね」

クラウスに、心の中を覗かれているような気分だった。

彼はメリナに微笑み、掴んだ手に指を絡めるようにして握り込むと、それをそっとベッドへ押し付けた。縫い留められ、クラウスに見下ろされ、心臓がどうにかなりそうだ。彼の美しい顔から、目をそらすことができない。息が止まりそうな緊張感に包まれる。

「メリナ」

彼の視線が、甘やかになった。

目を瞠るメリナにクラウスはゆっくりと近づき、眼前で囁く。

「メリナはまだ、誰のものでもないのだろう？」

駄目押しの一言だった。

もう、何も言えない。

気づいたときには、場が整っていたのだから。

緊張でまつげを揺らすメリナの前で、クラウスがそっと瞳を閉じる。唇に吐息が触れる、逃がす気もなければ、逃げる気もない。そうなったら最後──待ちわびたぬくもりを受け入れるしかなかった。

「……ッ」

そっと、唇にやわらかな感触が押しつけられる。

その直後、唇に残ったあの夜の記憶が、一瞬にして蘇った。

唇が甘いしびれに震え、もう一度押しつけられると、かすかに口が開く。クラウスの唇の動きに、自然と合わせようとしていた。忘れたつもりになっていただけで、唇はしっかりとクラウスのくちづけを覚えていたのだと、彼の唇はメリナに知らしめる。

「……ん、ンッ」

触れるだけの、ついばむようなくちづけから、しっかりと唇が重なるものになると、唇のぬくもりが同じになっていく。腰骨のあたりが疼き始め、身体から力が抜けた。

クラウスの唇が、気持ちいい。

うっとりと身を任せたのが、相手にも伝わったのだろうか。メリナのかすかに開いた口から舌が差し込まれた。

「んッ、ぅん」

ぬるりとした感触で、口の中がいっぱいになる。

彼の舌はメリナの戸惑うそれに絡みつき、優しく吸い上げた。じゅるじゅると彼の口の中で舌をしごかれ、一瞬にして舌先からとろけそうになる。

すると、彼に押しつけられた手が自由になり、

「……んんぅッ⁉」

胸の先端を、ナイトドレス越しに引っかかれた。

かし、かし、と指先で刺激が与えられると、自然に腰が上がる。かすかにふくれていたそこを執拗《しつよう》に指先で弄ばれたせいか、ナイトドレスを押し上げるほど、胸の先端は勃ち上がった。

さらに、指先でつまむようにして軽く引っ張られたら、頭の奥が軽く弾けた。

「ん、ぁあッ、……クラウス……、さまッ」

「ん？」

「だ、め」

「かわいくしているのに？」

「……かわいい……く……？　あ、ぁッ、引っ張っちゃ……ッ」

メリナが話している最中も、胸の先端を軽くつまんで引っ張られる。背中が浮き、さっきよりも身体が痺れた。

「メリナのココをね、硬くさせておいしくしているんだよ」

彼の甘い声が、熱を持ち始めたメリナの身体にまとわりつく。

「……おいしく、なる？」

「ああ。……だから、もっと感じて」

クラウスは、食むようにくちづけてきた。

口の中を彼の舌でいっぱいにさせられ、こすり合うところから甘さが滲む。甘い感情とともに口の中が甘くなっていくのを感じながら、メリナは胸の先端に与えられる快感に何度も腰を跳ねさせた。

「ん、んぅッ、んんッ」

彼の指によって、すっかり勃ち上がったメリナの乳首は、すっかり硬くなった。それでもなお足りないと言わんばかりに、クラウスの指先はメリナのそこを執拗に、それでいて丁寧に弄ぶ。

つまんだり、指の間でくりくりと転がしたり、弾《はじ》いたり。

幾度となく身体をひくつかせるたび、メリナの耳元で「気持ちいいね」と囁いた。

まるで、気持ちいいことを教えられているようだった。

「あ、あッ、んッ」

あの夜聞いた自分の甘い声が、寝室に響く。咄嗟に口を閉じたが、漏れ出る声は止まらなかった。

「……賢明だ。ここではあまり大きな声を出すと、隣に聞こえてしまうものな?」

そう言って、メリナに隣の部屋にいるシェリルとルリアーナの存在を思い出させたのだから、ひどい。先程まで気にならなかった声の大きさが気になって、口を手で覆った。

「残念。メリナの唇が味わえなくなってしまった」

決して残念そうに聞こえない楽しげな声でクラウスは囁き、メリナの首筋に顔を埋める。肌の匂いを嗅ぎ、そこへ唇を押しつけた。優しく、肌を堪能するように、味わうように肌を舐め、そこへ吸いつく。

またひとつ「気持ちいい」を教えられた。

彼の唇はメリナの肌をなぞるようにしてくちづけを繰り返し、鎖骨へと辿り着く。そして指先でいじっていない、もう片方の胸のふくらみにやってきた。

あ、と思ったときには——胸の先端が待ちわびるようにつんと勃ち、ナイトドレスを押し上げる。どうか、気づかないで。心の中で叫ぶメリナだったが、クラウスは嬉しそうに言った。

「メリナの身体は素直だね」

彼の指先が、硬さを教えるようにつんと尖《とが》ったそこを弾いた。

「俺の期待どおりに、いやらしくなる」

もういやだ、しっかり見られた。

あまりの羞恥で目に涙が浮かぶ。

今すぐにでも顔を覆ってしまいたい。——そう思った瞬間。

「んぁ……ッ」

つんと勃《た》ったそこを、口に含まれてしまった。

腰が高くあがってもなお、クラウスは胸の先端をかわいがる指も、舌先の動きも、止めることはない。なおも「気持ちいい」を教えようとさえしていた。

「ん、ん、ん、ぅッ、ぁッ、んぁッ、んんぅッ」

彼の舌は、メリナの勃ち上がったそこを執拗に舐め上げ、口の中に入れては舌先で揺らす。濡れた薄布がぴったりとまとわりつき、吐息が触れるだけでそこをさらに敏感にさせた。しかも、クラウスはときおりメリナのそこを舐めしゃぶる様子を見せつけるように、視線を向けてくるのだから、たまったものではない。

美しい男が、自分の胸の先端を口の中に入れて、おいしそうにしゃぶっているのだ。

どうしようもない羞恥といやらしさで、さらに身体が熱くなる。

「あのときは、ドレスを脱がしても着せることができなかったから……、今はとても気分がいい。かわいいよ、メリナ。もっととろけた顔を見せてごらん」

にっこり微笑み、舌先で胸の先端を舐め上げられたら、もうだめだ。

恥ずかしくて目を開けていられない。

ぎゅ、と目をつむると、今度は彼の舌の感触や指先から与えられる快感が今まで以上に大きくなり、声をこらえることができそうにない。ちゅくちゅくと乳首に吸い付くクラウスの舌が、ゆるやかな快感を与えてきた。メリナは我慢できずに、再び目を開ける。

「……ッ」

それを待っていたとでも言わんばかりに、クラウスはしゃぶっているメリナの先端を、思いきり吸い上げた。もう片方の乳首もまた、ほぼ同時に強くつまみ上げる。

「ッんぅ、んんんんぅ……‼」

両方からの刺激に、メリナは大きく背中をそらし、何度も身体を震わせた。

もう、声が我慢できない。

じゅるじゅると音を立てて乳首を吸われ、恥ずかしさで眦から涙が溢《あふ》れ出《で》る。すると、クラウスの唇がメリナの手の甲に触れた。ちゅ、ちゅ、とくちづけを重ねて、どかそうとする。メリナがゆっくりと口を覆う手を退けると、クラウスが嬉しそうに微笑み、戸惑う唇に触れてくれた。

　胸に広がる甘い気持ちに、身体から余計な力が一気に抜ける。

「ん、ぅ」

　メリナは、もうすっかりクラウスのくちづけの虜《とりこ》だ。

　どちらからともなく甘い声と吐息が漏れ、身体の奥が切なくなる。もっと、もっとという気持ちが沸き起こったところで、彼の指先がメリナの胸の先端をきゅむ、とつまんだ。

「んんッ」

　腰が、跳ね上がった。

　それでもなお、クラウスの指先はメリナの胸の先端をかわいがる。さっきしていたように、指の間に挟んでくりくりと転がしたり、指先で何度も揺さぶった。

「ん、んん、ん、ぅ」

「……はぁ……くちづけ《コレ》しながらいじられるの、好き？」

「ん、ぁッ」

「気持ちいい声が出てる。かわいい」

「んッ」

「かわいい」

頬に食《は》むようなくちづけをされ、また身体が跳ねた。

クラウスの甘い声と唇だけではなく、指でさえもメリナを甘やかしてくる。彼の愛撫で、どこもかしこも甘くなっていくようだ。

痛いぐらいにじんじんしている胸の先端を、クラウスの指がかわいがり、まとわりつく快感に包まれる。

「ん、んぅ、んッ……、あッ、あッ」

「つまれるの、好き?」

唇を触れ合わせたまま問われ、肌がざわつく。

「……言わないと、気持ちよくならないよ」

そんなことはないと思っていても、クラウスのくちづけでとろけた思考ではよく考えられない。メリナは素直に頷いた。

「いい子」

褒めるように言った唇が、メリナのそれを塞ぐ。

ああ、気持ちいい。

乳首を、きゅむ、きゅむ、と断続的につままれながら、くちづけられる。

「……ほら、気持ちいい」

言ったとおりでしょ。

と、言う甘い声が、メリナの肌に刻まれる。乳首をいじる指の動きと甘い唇に翻弄され、メリナは彼の愛撫に陥落した。すると、いつの間に彼の手が胸から離れていたのか。

彼の手が、メリナの太ももを撫で上げるように、ナイトドレスの裾を上げていった。肌をなぞる彼の手つきが、あの日の夜を思い起こさせる。

クラウスに灯された甘い熱が肌に蘇り、身体が勝手に反応した。覚えている。この手のぬくもりも、触れ方も、気持ちいいことも。与えられた快楽に従順になった身体が、勝手に彼の愛撫に応えるようにして、足が開いていく。

クラウスが、触りやすように。

「本当に、素直だ」

ふ、とクラウスの、口の端が上がった。

「……んんぅッ⁉」

彼の指先は、何もまとっていないメリナの無防備な下腹部を露わにし、その割れ目を撫で上げた。彼の指の感触で、そこが濡れていることを教えられる。

「ああ……、とろとろになって……、おいしそうだ」

顔を上げたクラウスが、濡れた唇で妖艶に微笑む。

目の前がちかちかして、羞恥からまた涙が浮かんだ。一度、触られているとはいえ、恥ずかしくて死にそうになる。メリナがかすかに首を横に振るが、クラウスは宝物に触れるようなくちづけでメリナの身体に唇を押しつけていった。

胸の間、ふくらみの下、そして腹部。

ああ、だめ。それ以上はもう。

言いたくても、今手を離したら声が出てしまいそうで何もできない。あのときと同じで、ただ彼にされるがままになる。メリナにできるのは、彼の唇がメリナの濡れたそこへ向かっているのを、ただ待つだけだった。

メリナの足は、相変わらずクラウスの愛撫に従順だ。彼の手が撫でるだけで勝手に動き、気づいたときには、彼の顔は開かれた足の間にあった。

魔法にでもかかったような気分でいると、クラウスはメリナに微笑み、濡れたそこへくちづける。

「んんぅッ⁉」

言葉にできない感覚に、背中がのけぞった。

彼はメリナの割れ目を丁寧に舐め上げ、溢れる蜜をすする。そんなところに顔を埋められるだけでも羞恥で死んでしまいそうなのに、じゅるじゅると音を立てて舐められているだけで、泣いてしまう。指で与えられるよりも、違う。

嫌なのに——嫌ではない。

むしろ、気持ちいいとさえ思ってしまう自分が、いやらしくて嫌だった。

こんなはしたない自分を、クラウスに知られたくない。自分の口を押さえて必死で声をこらえるのだが、彼は茂みの中から花芽を舌先で探り当て、そこへくちづける。ちゅぅ、と唇を押し付けられただけで、甘く胸が締め付けられた。舌先でよしよしと撫でるように舐められたら、甘い痺れが腰を浮かし、言葉にならない声があがった。

「んん、んんぁ、んぅッ」

びくびくと身体を震わせながら、メリナはもうわけがわからない。

あのときは、クラウスの唇に夢中になっていたから、頭がおかしくなっていたのだろう。今は、あの夢中になるくちづけはない。声が出せない状況を思い出させたせいで、妙に思考がはっきりしていた。身内に聞かせたくない、その一心で声をこらえている。それは、クラウスもわかっているはずだ。

そもそも、そう意識させたのは彼自身なのだから。

それなのに。

「んん、んんぅ、ん、んーッ」

クラウスはメリナの花芽を舌先で舐め転がしながら、両手を伸ばして胸の先端を指先でいじってくる。あっちもこっちも、どこもかしこも、クラウスの熱がメリナを快感で責め立ててくるせいで、思考が一気に「気持ちいい」で占められた。

「んぅ、んッ、ん、ぁッ……、ぁあッ」

はしたなく広げられた足の羞恥も、そこを舐めすする音も、すべてが快楽に溶けていく感覚に、手から力が抜ける。

声を気にする余裕すら、奪われてしまったのかもしれない。

頭の中はもう、クラウスでいっぱいだ。

さっきからずっと快楽を与えられ続けていたメリナは、迫りくる何かを感じていた。それはこの間、夜の図書館で同じように彼に秘部を指で弄ばれていたときと、似ている。

「んぅ、んッ。クラウス……さまッ」

視界では、彼の指先がメリナの両方の乳首をつまみ上げ、足の間で秘部を舐めているクラウスの頭が見えた。すると、何を勘違いしたのか、クラウスはぷっくり膨らんだ花芽をじゅるじゅると吸い上げ、舌の上で転がす。

「んぁッ、……ッ、ぁ、ああッ」

そして、メリナのナカに舌を差し込んできた。

指とは違い、やわらかで、ぬるぬるとした感触が入ってきて腰が浮く。身体の奥が、指の感触を思い出してひくついた。それが伝わったのか、彼は舌を引き抜き、代わりに指をゆっくりと入れてくる。

「あ、ぁッ、あ……ッ」

奥まで届いた指が嬉しくて、メリナの奥からさらに蜜が溢れた。

「……そんなに締め付けて、俺の指を覚えていたんだ？」

「ん、んッ」

「メリナは本当に素直で良い子だな。言わなくても、ここがちゃんと教えてくれた」

ナカを指でとんとんと叩かれ、身体の奥が切なくなる。

「……そんなに締め付けられたら、かわいくて困る」

「ん、んッ」

「もっと、よしよししたくなるだろう？」

甘い声が届いた直後、ナカに入っていた指が出たり入ったりを繰り返し始める。宣言どおり、メリナのナカをよしよしと撫でてきた。

「んんぅッ、んーッ、んーッ、んんッ……ぁ、あッ、んむッ」

咄嗟に両手で口を押さえたが、それでも声は漏れてしまう。

さらにクラウスはすっかり熟れた花芽を、舌先で転がした。敏感なところを同時に舐められ、ゆるゆるとナカを撫でるようにこすられたら、もうわけがわからなくなる。

迫りくる何かが腰骨のあたりをざわつかせ、身体の奥から得体のしれない感覚が弾けそうになった。

何かが、くる。

それが何かわからないからこそ、漠然とした不安が生まれる。あのときと似ているのにあのときよりも怖い。得体のしれない感覚が突然怖くなり、メリナは我慢できないといった様子で、クラウスの手を掴んだ。

「クラウスさま、クラウスさまぁ……ッ」

泣きそうな声で彼を呼んだのが聞こえたのか、クラウスが動きを止めて顔を上げる。彼の顔を見るだけで安心したのか、眦から涙が溢れた。

メリナは、すがるようにクラウスへと両手を伸ばす。

「怖い……です」

「……」

「近く、に。……クラウスさま、お願い……ッ」

くしゃ、と顔を歪《ゆが》ませて泣くメリナに、クラウスはすぐに動いてくれた。

意地悪をすることなく、ナカから指を引き抜き、メリナに覆いかぶさってくれる。メリナは求めるように伸ばした手をクラウスの首の後ろに回して、しがみつく。黙って抱きしめることを許してくれたクラウスの肌の匂いで胸がいっぱいになると、安心に包まれた。

腕の力が緩んだところで、クラウスがそっと顔を上げる。

「……クラウスさまだ」

彼が本当にそこにいるのだと思うと、それだけで嬉しくて笑顔になった。

花が綻ぶように微笑み、頬を撫でる。

すると、メリナの心が唐突に色づき始め、口が勝手に動いた——ところで、彼に唇を塞がれた。心を色づかせた想いは言葉にならず、クラウスの口の中へと消える。

差し込まれた舌がメリナの口の中をいっぱいにさせるとともに、再びナカに指が入ってきた。ぐずぐずにされたそこは、うねりをあげてそれを受け入れる。

甘い痺れが、身体中に広がった。

突然のことに驚いても、口の中がいっぱいで何も言えない。それどころか、クラウスの舌はメリナのそれに絡みつき、吸い上げてくる。ぞくぞくするような感覚に包まれて腰が浮くと、ナカにいる指がゆっくり引かれていった。

肌がざわつき、身体の奥が熱い。

クラウスはメリナの舌を貪り、その指で出し入れを繰り返す。

触れ合うところから甘さがにじみ、指の動きに慣れてくると、あとはもうクラウスしか感じられなかった。

あのときと、一緒だ。

やわらかな唇から伝わる、甘やかすようなクラウスのくちづけに夢中になる。

「ん、クラウス……、さま……ぁ、んッ」

「……メリナ、メリナ」

大丈夫、ここにいる。

そう伝えるように、クラウスはくちづけの合間にメリナを呼び、その声が思考をとろけさせた。気持ちいい。目を開けたらそこにクラウスがいて、彼の指しか知らないメリナの秘めたそこを、また彼の指が暴いている。触れ合うところから伝わる彼のぬくもりも、鼓動も伝わってくるだけで、今の自分がクラウスでいっぱいにさせられているのがわかった。

それが、嬉しい。

それが、幸せだと思った。

浮かぶ涙が眦から溢れ、クラウスはメリナを貪る。優しく、教え込むように。

「…………ぁ、クラウス……さま」

「ん？」

「クラウスさま、クラウス……さまッ」

「……ああ、うん。そうだね。大丈夫。……怖くない、ちゃんといる」

何かがやってくる。

快感の波にさらわれそうになると、クラウスはメリナの唇を塞いだ。もう、だめだ。直感が告げる。ナカを彼の指でぐちゃぐちゃに掻《か》き回され、気持ちいいが止まらなくなってくると、メリナはクラウスのシャツを掴み、その直後腰が高く跳ねた——。

「……んんッ、ん、んぅ、……んん、んッ……。ん……ぁ……」

痙攣《けいれん》するように小刻みに身体が揺れる最中ずっと、メリナはクラウスにしがみついていた。指を引き抜いたクラウスもまた、メリナの隣に身体を横たわらせて、腕の中に誘い込んでくれる。

彼に包まれているだけで、安心した。

激しい鼓動と乱れた呼吸が少しずつ落ち着いてくると、ゆるやかなまどろみがやってくる。気だるい身体も手伝ってか、心地いい眠気がまぶたを重くさせた。だが、まだもう少しクラウスと一緒にいたくて、シャツを掴む手に力を込める。

「眠いなら、寝てもいいよ」

　クラウスは、そう言ってメリナの頭を撫でてくれるのだが、首を横に振った。

「……まだ、一緒に……」

「大丈夫。メリナが眠るまではこうしてるから、安心してお眠り」

「嫌……です」

「メリナ」

「だって、起きたときには――んぅ」

　泣きそうになりながら、不安を口にしようとしたメリナの唇を彼は塞いだ。それも、一度だけでなく、呆けるメリナの唇に、二度、三度と唇の熱を移す。

　大丈夫だと伝えるような、優しいくちづけだった。

「……クラウスさま」

「メリナが眠るまで、こうして唇をあわせていようか」

　ふたりの秘密を語るように言うクラウスが、メリナの唇をついばむ。

「メリナは、俺の唇が安心するみたいだしな」

　くすくすと笑うように言う彼に、メリナはそっと自分の鼻先を彼のそこに擦り寄せる。

「……クラウスさまだから、安心するんです」

「なら、眠るまでの間はずっと、メリナに悲しいことはない」

そう言って笑ったクラウスに、自然と涙が溢れた。

「……どうして泣く」

「………………わかりません」

このまま、この夜が明けてほしくないと思ってしまったなんて、言えなかった。

クラウスは何も言わずにメリナの額にくちづけ、次に目尻に唇を押し当てる。メリナもまた、彼の頬にくちづけ、唇をついばんだ。

目があって微笑み合うと、どちらからともなくまた唇が触れ合う。

「クラウスさま」

「ん？」

「クラウスさま」

「……うん」

行かないで、と言うように、メリナはくちづけの合間に彼の名前を呼んでいた。

眠気に負けるまで、ずっと――。

翌朝。当然のことながら、ベッドにクラウスの姿はなく、メリナは肌に残ったクラウスの熱を辿るように、己を抱きしめたのだった。

●・○・●・○・●

「――メリナ？」

突然、母の声が聞こえて、メリナは我に返った。

まばたきを繰り返したメリナの前で、美しい深緑に金糸の刺繍《ししゅう》が施されたドレスに身を包んだ母が、心配そうに顔を覗き込んでいた。母の美しい姿をぼんやり見つめ、メリナは自分がどうしてここにいるのかを思い出す。

今日は、母とモーリスが夜祭りの中を馬車で移動するお披露目の日だ。

ここは街にある宿屋の一室で、馬車の用意ができるまでメリナが支度を手伝っていたのだった。母の幸せを祝福する日だというのに、気づけば昨夜過ごしたクラウスのことばかり考えていた。

「もう、どうしたの？　今日は朝からぼんやりしているけれど……」

「ご、ごめんなさい」

心ここにあらずで、少しぼうっとしてしまった。

メリナは手元に視線を落とし、白いヴェールに針を入れる。これから母がつける花嫁のヴェールの仕上げをしていたのだが、どうしてクラウスのことを思い出してしまったのだろうか。再び彼のことを考えそうになったメリナは、途中までしていた作業を再開させ、慣れた手つきで縫っていった。ここまでくれば、さほど時間はかからない。最後のひと針を終え、糸を始末して、母のヴェールは完成する。

「はい、できた」

「素敵……！　さすがはメリナ、私の娘！」

嬉しそうに言い、母は針山に針を刺し終わったメリナを横からぎゅっと抱きしめた。

「お母さま、大げさよ」

「私の娘を褒めているのよ、これぐらい普通だわ。ありがとう、メリナ！」

「どういたしまして」

母が唯一苦手としているのが裁縫のため、母のたっての願いでメリナがヴェールに妖精の刺繍を施した。それを渡すと、母は嬉しそうにヴェールを胸に抱く。

今日は、メリナが今まで見た中で一番綺麗な母だった。

ヴェールを胸に、その場でくるくると回る母を見ながら、メリナはつい心のうちを漏らしていた。

「……お母さま、幸せ？」

囁くようなつぶやきだったにも関わらず、母はぴたりと動きを止め、ヴェールを丸テーブルの上へ置いてからメリナのいるベッドの隣に座った。

「ええ。幸せだわ」

横からぎゅうとメリナを抱きしめ、頭にくちづけてくれる。

「メリナが、いてくれるから」

続けられた言葉に、メリナの心があたたかくなった。

「……お母さま」

そっとメリナを離し、母は頬を撫でてくれる。

「それにね。メリナが幸せだと、私はもっと幸せだわ」

「……」

「あなたは、幸せ……？」

少しためらいがちに、母が問う。

かすかな緊張が伝わり、メリナは母にとても心配をかけていることを知った。

今まで、たったふたりで生きてきた。

でも、これからは違う。家族が増える。こうして、ふたりだけの家族でいられるのは今だけうな気がした。

なのだ。それを母も理解しているのだろう。慈愛溢れるまなざしから、何かの決意が見えたよ
「……」

メリナもまた、自分の『幸せ』を知ってしまった。

だから、今までのように心を偽《いつわ》ることができない。心に正直でいることを、諦められない。

前は、あんなにも簡単に自分の心を諦めることができたというのに。

クラウスに触れられてから、できなくなった。

クラウスに甘やかされてから、だめになった。

クラウスと出会ってから、どんどん自分が変わっていく。

何も言えないメリナに、母は優しく微笑んでくれた。

「わかったわ」

何がだろう。

小首をかしげるメリナをよそに、母がベッドから立ち上がったところで、部屋にノックの音が響く。返事をした母に応えるようにしてドアが開き、モーリスが顔を覗かせた。

「やあ、準備は……、ああ、ノーラ……！」

モーリスの視界に母のドレス姿が見えたのだろう、彼は満面の笑みを浮かべて部屋の中に入

った。母へ近づき、跪《ひざまず》く。

「美しい、とても美しいよ」

母の手を取り、モーリスはその甲へくちづけた。

「モーリスさま、ちょうどよかった。私もあなたに用があったの」

にっこり微笑む母に、手を離したモーリスが立ち上がった。

「なんだい？」

機嫌よく、今度は愛しい花嫁を抱きしめようとモーリスが両腕を広げたところで、母が手で制す。ぴたりとその場で止まったモーリスに、母は面と向かって笑顔で言い放った。

「この結婚、なかったことにしましょう」

思いきりのいい発言にモーリスは時間を止め、メリナは勢いよく立ち上がった。

「お母さま⁉」

「メリナが幸せでないのなら、私は結婚しなくていいの。メリナに我慢をさせてまですることでもないわ。それに、結婚をせずとも、モーリスさまのお手伝いはできる。結婚に縛られる必要はないと、私は思うの」

メリナとモーリスに言うように、母は自分の心を語った。

さすが、メリナを女手ひとつで育ててきた女性だ。思いきりもさることながら、しっかり芯が通っている。だからといって、結婚をやめるのはやりすぎではないだろうか。メリナが動揺している間に、母は左手の手袋を外す。

その行動に、メリナは母の本気を知った。

「お、お母さま、何もそこまでしなくても……！」

早く説得しなければ、このままではドレスも脱いでしまう。

「私、最初にお伝えしたとおり、お母さまとモーリスさまの結婚には反対しておりません‼ というか、賛成しているのです！　モーリスさまはお母さまのことを本当に愛していらっしゃいますし、私もシェリルさまと、血はつながっておりませんが姉妹になることを、心から、心から喜んでおります！　私、幸せですよ？」

しかし、母は「そう」と言うだけだ。

「モーリスさまも何か、おっしゃ……、あああああ、もう、お母さま！　モーリスさまが泣きそうです！」

「放っておきなさい」

ぴしゃり、と言われ、モーリスに同情する。

目に涙を浮かべているモーリスに、今にも駆け寄って言葉をかけてやりたかったが、それよりもなによりも、母の説得をすることのほうが大事だった。モーリスに心の中で謝りつつ、メリナは実力行使に出た。

反対の手袋を外そうとする母の手を掴み、対峙する。

「お母さま！」

やめて、と暗に伝えるメリナに視線を向けて、母は言った。

「いい、メリナ。これは私の人生なの」

その真剣な、はっきりとした声に息を呑む。

「私の人生を、私自身が決めていかなければ、どこに道がつながるというの？　歩いていくのは、私なのよ」

凛とした母の言葉に、頭にかかっていたモヤが晴れていくような感覚がした。

（……お母さまの、言うとおりだわ）

背筋が自然と伸びるとともに、メリナの心もまっすぐになった気がする。

メリナが自分の心に素直にならないだけで、母は母の幸せを手放してしまう。それはどうしても嫌だ。

メリナも、母に幸せになってもらいたかった。

ぎゅ、と手を握り、メリナは深く息を吐く。

「私、お母さまとモーリスさまの結婚を、心から祝福してます。そう、モーリスさまにもお伝えしました。私は、モーリスさまをお義父さまとシェリルさまをお義姉さまと呼べることが、今とても幸せです。だから、お母さまも自分の幸せを手放さないでください」

母を説得する気持ちは、ここにない。ちゃんとした自分の気持ちだった。

そして、静かに自分の意志を伝えた。

「私も、自分の幸せを諦めません」

母の試すような視線に、メリナはにっこりと微笑む。

それからメリナは、未だ涙目で呆然としているモーリスに向き直った。

「お義父さま、ごめんなさい。私……」

自然と落ちる視線を息を吸うことで上げ、モーリスを見つめる。

「私、縁談をお断りしたいです！」

はっきりと、重しをつけて奥深くに鎮めようとした本音を伝えた。

「………ご迷惑をおかけして、すみません」

モーリスは、まばたきをしてから、小さく息を吐く。そして、ドレスの裾を握りしめるように作った握りこぶしに手を添え、俯いて小さくなっているメリナの顔を上げさせた。

「大丈夫。謝ることではないよ」

目の前にあるモーリスの、その優しい笑顔に泣きそうになったが、口を引き結んでこらえる。

彼は苦笑を浮かべてから、少し困った様子で言った。

「だが……、まあ……その、なんだ。私も嫁にいかせたくないと言った手前、こんなことを聞くのはあれなんだが……、理由を聞いてもいいかな？」

自然と、頬に熱がこもる。

自分の心に正直でいるということは、ときに恥ずかしいのだと知った。メリナは高鳴る心臓をそのままに、呼吸を整えて口を開く。

「……そばにいたい人が、いるんです」

それを聞き、モーリスは嬉しそうに微笑む。

「……そうか」

「だから、うちまで来てくださったモラン伯爵さまには、大変、たいっへん悪いのですが、この縁談は――」

「ちょ、ちょっと待ってくれ」

メリナの話を最後まで聞かず、モーリスが慌てた様子でメリナの話を遮った。

「モラン伯爵の名前が、どうしてここで出てきたんだ？　私は断ったぞ」

それには、メリナも驚いて目を瞠った。

「で、でも、モラン伯爵さまがうちへきたとき、縁談の話が進まなくて不安だとおっしゃっていて……、お義父《とう》さまも、私の気持ちを考えて縁談を進めていないとおっしゃっていたから……」

「自分の話だと？」

「……はい」

話が噛《か》み合《あ》っていないことに気づいたのだろうか、モーリスが天を仰ぐ。

困惑したメリナが母を見ると、苦笑を浮かべて手で招いてくれた。こっちへおいで、と。

言われたとおり、メリナが母のそばまで行き、一緒にベッドへ腰を下ろすと、モーリスも近くの椅子を手に取り、母とメリナの前に置いて座った。

「結婚式で慌ただしかった……、というのは理由にならないが、メリナの心にもっと気づくべきだった。……ノーラと結婚できることで浮かれていたことを、謝罪する。メリナ、すまなかった。ちゃんと話をすればよかった」

隣から、そっと母がメリナの手を握りしめる。

「実はね――」

そう言って、母はゆっくりと話してくれた。

第七章　手にしたもの

「――行ってしまったわ」

ノーラの、少しさみしげな声が部屋に響く。

遠くからかすかに聞こえる、愛しい娘が階段を駆け下りる音に、愛しさとも切なさとも言い切れない気分で胸がいっぱいで言葉にならない。そんなノーラに寄り添うようにして、モーリスは隣に座り、テーブルに置かれた手袋をはめてくれた。

「最後に、キミに祝福のくちづけをしてね」

「思い出したように戻ってきたときは、笑ってしまったわ」

「それだけ、必死だったんだろう。でも、途中で戻ってきたということは、ちゃんと私たちのことを思い出したからだよ。あの行動力は、さすがだ」

「私の娘ですから」

「本当に、よく似ている。……親としてはさみしいがね」

「……そうね」
しみじみと、娘の成長を噛みしめる。
娘が見せた背中が、随分と大きく見えた。あんなに小さな手で、あんなに小さな背中だった
というのに、親の知らない間に彼女は大きくなっていたのだろう。
ぼんやりと娘が出ていったドアを見つめ、感慨深い気持ちになっていると、彼の手がノーラ
の頬に触れる。
そっと、彼のほうへ顔を向けられた。
「それで?」
「え?」
「キミは私の花嫁に、……なってくれるのだろうか?」
「……」
「メリナの気持ちを引き出すためとはいえ、さすがに結婚をやめると言い出したときは言葉
を失った。……ひどいとは言わないが、さらに私を惚《ほ》れさせた責任は取ってくれるんだろう
ね?」
さっきまで情けない表情をしていたモーリスが、どこか楽しげにノーラの頬をくすぐるよう
に撫でた。何もかもわかっているよ、と言いたげな笑みに、ノーラは息を吐《つ》く。

「……ご存じだったんですか」

「私も人の親だ。キミがしようと思っていたことぐらいわかる。……キミは本当に、凛《りん》として潔い。……惚《ほ》れ惚《ぼ》れするほどにね」

あえてノーラを照れさせようとしているのか、甘い声で口説いてくるモーリスに「ずるい」と思いながら、

「私は、あなたの泣きそうな顔を見て、惚れ直したところです」

にっこり。

その手にはのらない、と言うように微笑んだノーラに、モーリスが苦笑する。

「それは……、情けないところを見られてしまったな……」

「それだけ、私のことを愛しているのだと、わかりましたよ」

ふふ、と口元を緩ませたノーラは、モーリスの頬へ唇を押し付けた。モーリスは一瞬驚いたような顔をしたが、すぐに顔を綻ばせる。

「キミは、私の気持ちを信じていなかったのか？」

「この結婚の、はじまりが、はじまりでしたから」

そう言って笑うノーラにモーリスは手を差し出し、ふたりは揃って立ち上がった。

これから、ふたりの結婚を祝うお披露目の馬車に乗るために。

●・○・●・○・●

気づいたら、メリナは走っていた。

この足を止めたら何もかも終わる気がして、どんなに呼吸が苦しくても、転んで足が痛くても、走ることをやめなかった。やめられなかった。

夕方から集まり始めていた人は増える一方だ。それもそのはず、ここの領主・ウィンランド伯爵が再婚するお披露目も兼ねているせいか、祝いの空気も漂っている。

そんな中、メリナはひとり逆方向へ走っていた。

「……はぁ……、は……ッ」

胸が熱い、息が苦しい、足が痛い。

それでもなお、メリナは走った。

一心不乱に。

「――メリナ……!?」

あと少しで街から出られる、そう思ったときだった。

馬とすれ違いざまに声をかけられ、メリナはそこで初めて足を止めた。あたりを見回すメリナの背後から馬の蹄の音が聞こえ、見上げる。

「どうしたの⁉」

男が手綱を握る馬の前に座っていた少女が、フードを取った。

「……ル……ッ」

名前を言いたかったのだが、咳《せ》き込《こ》んでしまう。

呼吸がうまくできないメリナの様子に驚いたのか、少女——ルリアーナは慣れたように馬から飛び下り、メリナのそばまでやってきた。

「大丈夫？　しゃべろうとしちゃだめ。呼吸を整えなきゃ」

しかし、行かなければいけないところがある。

そう伝えるように、メリナが首を横に振った。

「……行か、な……ッ」

ひゅ、と喉が鳴ってまた咳き込んだ。

「……どこに行こうとしていたの？　何か忘れもの？」

「ち、がッ」

呼吸が整わず何度も咳き込むメリナに、ルリアーナは寄り添ってくれる。

「……クラ……ウス、さまに、……会わッ」

メリナも話したかったが、咳き込むばかりで言葉にならない。すると、メリナの様子を見ていたシェリルが、馬から下りて近づいてきた。

「ルリアーナさま、メリナは……」

「シェリル、お願いがあるの」

「はい？」

「馬を貸してくれる？」

「ええ⁉　ルリアーナさまは、どうなさるのですか？」

「メリナを連れて、一度ウィンランド邸へ戻るわ。メリナ、それでいいのよね？」

確認するようなルリアーナの声に、メリナはうんうんと頷いた。

「しかし、これから」

「ええ。ノーラとモーリス、ふたりの結婚のお祝いをするのよね、わかってる。でも、メリナを放ってはおけないわ」

「……そうですけれど、それなら私が」

「今日の主役は、あなたのお父さまよ。娘のあなたがいないでどうするの。それに、護衛のことなら心配無用よ。ここにセルジュがいる。彼にこのまま護衛を頼むから」

「……ルリアーナさま」

「大丈夫。わたくしは、メリナをウィンランド邸に送り届けたらすぐに戻ってくるわ。そして、こっそりシェリルと合流する。だから、メリナを馬に乗せるのを手伝って」

有無を言わさぬ采配に、シェリルはそれ以上何も言わなかった。

へたりこむメリナを抱え、先にルリアーナを馬に乗せたあと、メリナをその後ろに乗せる手助けをしてくれた。

「……ごめん、なさい。……お義姉さま」

「大丈夫よ。何があったか知らないけれど、ここは任せて」

微笑むシェリルに申し訳ないと思いながら「お願いします」と言うと、ルリアーナは手綱を掴む。

「飛、ば、す、わ、よーッ！」

力強い蹄の音を響かせながら、ルリアーナは馬を駆った。メリナは上下に揺れる後ろで、ルリアーナにしがみつく。振り落とされんばかりの揺れを感じ、必死で腕に力を込めた。

「ルリアーナさま、限度をお考えください‼」

馬で並走する護衛の騎士が、ルリアーナに叫ぶ。しかし、彼女は速度を緩めようとはしなかった。

「帰りはセルジュがいるから、安心しているわ！」

ルリアーナは、セルジュと呼ぶ護衛の騎士に気持ちよさそうに返事をし、さらに速度を上げた。

「そして、人の話をお聞きくださいッ！」

追い抜かれたセルジュの声を後ろに、ルリアーナはメリナとともに風をきる。昨夜、クラウスに乗せてもらったときを思い出しながら、座る場所によって、こんなにも乗り心地が違うのだと知った。

景色が次々と流れていくのを横目に、メリナの呼吸も少しずつ落ち着いてきた。

「……ルリアーナさま！」

「なぁに？」

風をきる音に負けないぐらいの声で名を呼ぶと、ルリアーナはこの速度を出しているとは思えないのんきな声で返事をする。気にしないでいいのよ、と伝えるような優しさが届いて、背中に頬を擦り寄せた。

「………ありがとうございます」

「いいのよ。わたくしが、好きでやってることなんだから」

楽しげなルリアーナの声に、メリナはもう一度「ありがとう」とつぶやくと、彼女は黙って頷いてくれた。

今初めて、メリナは心のままに動いている。

周囲に迷惑をかけて申し訳ないと思う反面、こうして協力してくれる人たちの優しさを感じるだけで、わけもなく涙が溢れた。

メリナはルリアーナの背中に額を当て、少しだけ泣いた。

ほどなくしてウィンランド邸に到着したメリナは、セルジュに手伝ってもらいながら馬から下ろしてもらった。

「ありがとうございます」

「いえ」

「メリナ、たぶん探し人ははなれよ」

慣れたように後ろ向きで馬から下りたルリアーナが、メリナに向き直った。

「……早く行って、顔を見せてあげて」

「え？」

「実はわたくし、あなたの探し人が、今朝メリナの部屋の前で離れがたそうにしていたのを、うっかり見てしまったの」

ふふ、と笑いながら、ルリアーナは唇の前で人差し指を立てた。まるで、内緒よ、と言うような仕草が、とてもかわいらしい。でも、この胸に広がった甘い気持ちは、ルリアーナに対してではなく、彼女が語った話の内容に対してだ。

苦しいくらいに胸が締め付けられると、今すぐにでもクラウスに会いたくなる。

その気持ちが漏れていたのだろうか。

ルリアーナは、メリナの身体を反転させて、背中を押した。

「さ、行って」

「ルリアーナさま……」

「ほら、早く」

笑顔で送り出すルリアーナに、メリナはもう一度お礼を言い、ローズガーデンに向かって駆け出した。その後ろ姿を見送りながら、ルリアーナが少しさみしげな笑みを浮かべているとは知らず。

「お兄さまをよろしくね。メリナ」

祈りのような、願いのような響きがこめられた声は、メリナに届くことはない。ルリアーナが、気持ちを切り替えるようにして振り返ったのだが、セルジュに手を掴まれる。

「いけません」

まだ、何もしていないというのに、彼はルリアーナの行動を止めた。

「……セルジュ」

じろりと護衛の騎士を睨《にら》むが、彼はそれをもろともせず飄々《ひょうひょう》とした態度でルリアーナの手を引く。

「私の馬でまいります」

その有無を言わさぬ声に、ルリアーナはこれ以上何を言っても無駄だと悟る。

「……………はぁ、わかったわ」

ため息交じりの返事をし、ルリアーナはおとなしく従った。


そのころ、メリナはローズガーデンを走っていた。

馬に乗せてもらったため、多少体力は回復していたが、それでも全速力とはいかない。親しみのあるローズガーデンを走り、遠目にしか見たことがないウィンランド邸のはなれへ辿り着いた。

（……ここが、はなれ……）

それは、小さな白い家だった。

少し古いが、見た目がとてもかわいらしく『妖精の指輪《おとぎばなし》』に出てきそうな佇まいだ。ドアの前に立ち、メリナが呼吸を整えてノックをしようとしたのだが、その動きを止めるように、風が頬を撫でる。

それは、かすかな鈴の音をメリナに届けた。

「……」

妙に、気になる。

メリナはノックをするために掲げた手を下ろし、風が流れていったほうへ足を向けた。

周囲を木々に囲まれたそこに、獣道のような小道を見つける。メリナは、何かに誘われるようにして、そこを歩いた。夕焼けで燃えていた空が、少しずつ瑠璃色に染まっていくと、あたりも暗くなる。

しかし、不思議と怖くなかった。

もう少し、あと少し。

予感めいた気持ちに突き動かされるようにして歩いていると、茂みの先が開いてきた。

「……ッ」

目の前に、丸い池が現れる。

そこだけ木に覆われていないせいか、上空の月が綺麗に映り込み、水面が淡く光っていた。

幻想的な、息を呑むような光景。その中心に――彼が佇んでいた。

さっきまで水浴びをしていたのだろうか。濡れたシャツが身体に張り付き、金糸の髪についた雫が、月の光を浴びてキラキラと輝いている。額につく濡れた前髪を片手で掻《か》き上げた彼は、陽の下でも月の下でも、美しかった。

その姿を見ただけで胸がいっぱいになり、自然と涙が浮かぶ。

会えた。

たったそれだけで、嬉しさがメリナの身体を突き動かす。足を踏み入れた池は浅く、膝下程度の深さだ。それでも、濡れたドレスの裾が水を含んで足にまとわりつき、歩きにくい。メリナはクラウスに触れたくて、泣きながら両手を伸ばす。水音か、人の気配か、どうして気づいたのかなど、どうでもいい。

彼の視線は、しっかりとメリナに向けられていた。

「……メリナ?」

クラウスの声で、溢れた涙が止まらない。

涙ではっきりと見えない視界の中、子どものように、ぐずぐずと泣きながらクラウスへ向かうと、近寄ってくれた彼が抱きしめてくれた。

「……どうしてここへ」

彼の腕の中で、クラウスの肌の匂いが鼻先をかすめる。

たったそれだけで胸が熱くなり、メリナはしがみつくように彼の背中へ腕を回した。

「クラウス……さま、クラウスさま……ッ」

「ん？　どうした、何かあったのか？」

耳元で聞こえるクラウスの優しい声に、メリナは首を横に振った。

「じゃあ、どうした？」

優しく問いかける声が、メリナの涙をさらに溢れさせる。

クラウスはメリナをなだめるように頭を撫で、こめかみにくちづけをし、そっと腕の中から離して、彼女の頬を覆った。溢れ出る涙を指先で拭われると、目の前のクラウスがはっきり見える。

メリナは、彼の胸元のシャツを掴み、つま先立ちになって吸い寄せられるようにして彼の唇に触れた。

月明かりの下、己の唇《それ》で、そっと。

そして――、

「幸せに……なりにきました」

自分の覚悟を口にした。

「私を、クラウスさまのものにしてください」

クラウスは目を瞠り、ため息交じりに「まいった」とつぶやく。そして、メリナの額にこつりと己のそれを付け合せた。

「……もしかして、全部聞いたのか？」

何かを察しただろうクラウスの問いかけに、メリナは頷く。

「………誰に聞いた？」

「義父《ちち》と、母に」

すべてを聞いた。

『実はね、最初に縁談の話がきたのはメリナなの。私の結婚はあとづけなのよ』

そう言って苦笑する母の話から、自分の縁談にまつわるすべての話が始まった。

始まりは、ダールトン国王の憂いだったという。

『私のところに、陛下から手紙が届いたんだ。そこには、クラウスさまのことが書いてあった。これから王位を継承するクラウスさまが、国内外から集めた縁談に見向きもせず、いつまで経っても王妃を決めないと、大変心配している内容でね。……もしかしたら、ルリアーナさまから聞いているかもしれないが……、ウィンランド家と王家は、密《ひそ》かに親交していて、直接顔を合わせることは少ないが、家族ぐるみの仲なんだ。それで、陛下は友人として、私に胸の内を打ち明けてくださった』

それに心を寄せたモーリスは、なんとかしたいと思い、考えを巡らせた。そして浮かんだのが、――メリナだった。

密かに想いを寄せていたノーラの娘で、小さい時分から知っているメリナだったら、と思い、王都で行う身内のための即位式に呼ばれた際、ノーラに相談したという。

『もちろん、私は断ったわ。メリナにはメリナの人生を歩いてもらいたかったし、なによりお相手が殿下なのよ。身分も何もないメリナに苦労をさせたくなかったから、モーリスさまの頼みであっても、引き受けられないって、そう言ったの。……身分もなく、エヴァンス家に嫁いだ私みたいに、同じ苦しみをしてほしくなかった。そうしたら……』

『私たちが結婚すればいい。シェリルもキミに懐《なつ》いているし、なにより私は、あなたを心から愛している。……と、求婚をした。身分だけの問題なら、私がいる。ウィンランド家と王家の関係を知っている者は、それなりの地位を持って城にいる。私が後見人となれば、ひどいこともされないだろう。……だから、メリナの縁談をきっかけに、ノーラに結婚を申し込んだんだ。……ひどい男と思われても仕方ないが、この気持ちに嘘はない』

今だけでなく、あの晩、モーリスがメリナと向き合ってくれたときから、彼の母に対する気持ちを疑ったことはない。きっかけが、きっかけなだけだ。メリナはモーリスを責めることも、ひどいと思うこともなかった。

なにより、母の幸せが一番だからだ。

『それで、私は一度話を保留にして、メリナに話したの。結婚についてどう思うのかを、まずは本人に確認しようって。そうしたらあなた「いいと思う」って答えたでしょう？　だから、私もモーリスさまから求婚された話をしたの』

あのとき「結婚ってどう思う？」と聞かれたのは、ノーラの再婚のことではなく、メリナの結婚に対しての意思確認だったと、今になって知る。

驚くとともに、腑《ふ》に落ちた。

なんとなくあった違和感と、不自然な会話の謎が解消される。どうやら、それでメリナに結婚の意思があると思った母は、その旨をモーリスに伝え、彼の求婚も受け入れたようだった。

『ノーラが私の求婚を受けてくれたことから、私はすぐに陛下とクラウスさまに手紙を書いた。自分の再婚の話と、クラウスさまの縁談相手になるかもしれない女性……つまり、メリナのことだ。だが、断られる勝算が私にはあった。私は、メリナをかわいいとしか書いていない。それを読んでも、クラウスさまが乗り気になるとは思わなかったからだ』

しかし、その思惑は外れる。

国王とクラウスが決めることだと気長に待っていたモーリスの元へ、返事がすぐにきた。そこには、クラウスが縁談を受けることが書かれていたという。

『クラウスさまの即位の儀式が終わったら、次は、この地で妖精に即位の報告をすることになっているんだ。それを知っていた私は、私達の結婚式が終わってから、ふたりの縁談の場を整えようとしていた……ところだった。だから、昨夜クラウスさまと一緒にいるメリナを見て驚いたよ』

それを聞き、メリナはいてもたってもいられなくなり、立ち上がって部屋を飛び出した。が、ふたりの結婚を祝っていないことに気づき、途中で戻って、母の額に祝福のくちづけをして宿屋を出たのだった。

「どうして、教えてくださらなかったんですか？」

少し困ったような表情をするクラウスを見上げ、メリナは続けた。

「クラウスさまが、私の縁談相手だって」

相手を聞かなかった自分が悪いとわかっていても、クラウスがなぜそれを隠していたのかはわからなかった。もし、もしクラウスが縁談相手だと知っていたら――。

「……俺が縁談相手だと知ったら、メリナは断るだろう？」

きょとんとしたメリナに、クラウスは苦笑した。

「俺が、王子だと知ったときの……、昨夜のメリナは緊張でガチガチだった」

「……す、すみません」

「責めてるわけではないんだ。でもきっと、メリナは悩むだろう。そして、自分には何もないと言って、俺をすぐに諦めてしまうだろうな」

クラウスに、自分の心の中を見透かされたような気がした。

確かに、そうかもしれない。

少し前の自分だったら、彼の言ったとおりだったような気がする。申し訳なさから少し視線を落としたメリナに、クラウスは大丈夫だと伝えるように笑った。

「だから、内緒にしていた」

そう言って、メリナの背中と膝裏に手を添えて抱き上げる。咄嗟に彼の首にしがみつくと、クラウスは池の中を歩き出した。

「正直、いつまでも黙っていられるとは思ってなかった。いつかは言わなければいけない。そのときは、必ずくる。……それはわかっていても、メリナと一緒にいる時間が楽しかったんだ。楽しすぎた。いつまでも、こうしていたいと……思ってしまったんだ」

クラウスが歩くたびに池の水面が揺れ、ちゃぷ、という水の音がする。

「……メリナと出会ったときの俺は、少し疲れていた」

「……」

「王位継承に必要な知識は小さいころから教育されていたが、話を聞くのと、実際に父の横に立って采配を下す姿を見るのとでは大違いだった。俺の決断ひとつで、国の行き先が、人の命が決まる。その大事な覚悟を固めている最中だというのに、……大量の縁談相手がやってきた」

　げんなりした様子で、クラウスはため息をついた。

「今の、この大事なときに、女にかまけている時間が俺にはなかった。でも、彼女たちは俺のことなどお構いなしで追いかけてくる。お茶会の誘い、夜会でのダンス……、ああ、疲れて眠る俺に隙あらばのしかかってくる者もいたな」

　そんなことが、あんな美しい城内で行われているとは思わず、メリナは目を瞠る。それを横目で見たクラウスが、苦笑を浮かべた。

「……面倒だった。王族として、伴侶を迎えることがとても重要で、必要なことだとわかっていても、……それ以上に国を背負う責任感で、気持ちが張り詰めていたんだろうな。すべてが煩わしくなった俺は、公務以外の時間をひとりで過ごしたくて、その場所に王立図書館を選んだ。俺が学生のころ、あそこでよく息抜きをしていてね」

「そうだったんですか？」

「ああ。久しく行っていなかったから、どうなっているのかと思ったんだが……、誰かさんのおかげで随分と快適になっていて驚いたよ」

　気づくと、クラウスは池を出て、葉の間から月の光がかすかに落ちる道を歩いていた。

「俺がいたときは、あのソファしかなかったんだ。それも埃臭《ほこりくさ》くてな。昼寝をする前は、必ず叩いて埃を出していた。そうじゃないと、鼻がむずむずして昼寝どころじゃなくなるんだが……、驚くことにソファは埃臭くなく、ここを使う誰かのためにひざ掛けが用意され、長居できるようランタンを置くテーブルまで置かれていた。……毎日、大事に手入れされてるのが、よくわかったよ」

穏やかな声になるクラウスに、メリナは抱きしめる腕に力を入れる。

「……あそこは、令嬢に追いかけられるのも嫌になっていた俺にとって、ちょうどいい休み場所だったんだ。それで、頻繁にあそこで息抜きをしていたら……」

クラウスが、メリナの耳元に唇を寄せる。

「メリナに会った」

そっと、静かに、低い声がメリナの心を震わせた。

「あのときは一瞬、見知らぬ女にものしかかられるのかとげんなりしたが、メリナは俺に肩掛けをかけてくれただろう？　だから、すぐにわかったんだ。あそこを快適にしたのが、メリナだって」

「肩掛けだけで……ですか？」

「あそこは基本的にあたたかいが、陽が落ちたあとは冷える。その寒さを知っているのは、あそこに長居をした人間だけだ。つまり、長居をしない人間に肩掛けは必要ない。……少なくとも、俺と同じようにあそこを気に入っている人間だということはわかる。あとは……、そうだな。直感めいたものかな」

　口元を緩ませたクラウスの横顔を見つめ、メリナもつられて顔を綻ばせる。

「まあ、それで……、興味を持った」

　ちらりとメリナを見て、抱き直し、クラウスは再び正面を向く。

「二度目に会ったとき、俺のことを知らない様子だったから、これはいいと何も言わなかった。それから名前を知って……、俺も、本名を教えた」

「クラウスさま?」

「そうだ。ルリアーナは、初めて会ったとき、ルーシェ、とシェリルに呼ばれていただろう?」

「はい」

「俺も、私用で外に出るときは、ディアと名乗っている。城内でも城外でも、王族がそう呼ばれているのを聞くと、事情を知り、顔を知っている人間は極力近づかないんだ。昔から、王族はそうしているらしい」

「……だから、ルリアーナさまは別の名前で呼ばれていたんですね」

「ああ。でも、俺はそうしなかった。メリナと一緒にいるときだけは、俺はクラウス《オレ》でいられると思って……そうか。俺は、俺でいたかったのかもしれないな」

苦笑を浮かべるクラウスを見て、抱きしめたいと思った。言葉にできない思いに突き動かされるようにして、メリナはクラウスの首筋に顔を埋める。

「どうした?」

「……急に、こうしたくなりました」

説明できない思いをどうすることもできず、心のままに行動したのだが、クラウスは静かに「そうか」と言って、メリナを好きにさせてくれた。抱きしめる腕に力をこめると、木々を抜けたらしい。

やがて、ドアを開ける音が聞こえて、あの白い家の中に入ったのだと気づく。

玄関ホールから階段を上がって寝室へとやってきたのだが、そこでもまだ足を止めない。不思議に思うメリナが顔を上げると、開け放たれたバルコニーへ出たところで、ようやくクラウスがメリナを下ろした。

白く大きな月が夜空に輝き、その光が降り注いでいる。

そこから見下ろす小さな庭が、どういうわけかキラキラと輝いているように見えた。もっとちゃんと見たくて、メリナはバルコニーの手すりに近づく。

「……綺麗」

小さな庭一面、光の絨毯《じゅうたん》のようだ。

思わず声をあげるメリナの隣に、クラウスが並ぶ。

「妖精の庭《フェアリーガーデン》と言う。ここに植えられている植物は特殊らしくて、昼間に光を蓄えて、満月の夜にだけ、こうして光を放つんだ」

「素敵……。まるで妖精たちが、本当にここにいるようですね」

メリナが横に向き直って無邪気に微笑むと、クラウスは困ったように笑って手を伸ばしてきた。メリナの腰にするりと腕を回し、その手に引き寄せられる。

「クラウスさま……？」

突然、腕の中に閉じ込められたと思ったら、すがりつくように抱きしめられ、戸惑いが声になる。しかし、返事はない。メリナはさっきの自分を思い出し、背中に腕を回す。

そして、クラウスの背中をそっと撫でた。

そばにいる、と伝えるように。

しばらくして、クラウスの腕の力がほんの少しだけ強くなった。

「……もうひとつあるんだ」

不思議に思うメリナを、クラウスは腕の中から解放した。

「メリナに、俺が縁談相手だと教えなかった理由」

彼は真剣な表情を崩して――、今にも泣きそうな顔で幸せだと言うように笑った。

「恋が、したかった」

穏やかな風がクラウスの前髪を揺らし、ゆっくりと彼の手がメリナに伸びる。

その手は、宝物に触れるようにして、メリナの頬を撫でた。

「メリナと」

時間が、止まるような感覚に陥る。

「縁談って言葉が出てくると、どうしても心が自由にならないだろう？　だから、相手が俺だってわかるまでは、メリナと普通に恋がしたかったんだ。王子として育った俺は、そんなおとぎ話みたいなことをしてはいけない、と教わっていたからね」

「……では、縁談を受けると決めたのは……」

「メリナと出会ったあとだよ。初めて会ったときは縁談の話なんてなかった。メリナにもう一度会いたいと思って、肩掛けを返しに行った……そのあとだったかな。父経由で、モーリスがかわいいという縁談相手の名前を聞いたのは。……それが、メリナだった」

甘く微笑んだクラウスが、ゆっくりとその場で片膝をつく。

呆けるメリナの左手を取り、その薬指に恭しくくちづけた。

それだけでも甘い気持ちが広がるのに、顔を上げた彼の表情が真剣そのもので、月の光を受けてなお美しいせいで、息が止まりかける。

「メリナ・エヴァンスさま。どうか私と、これからの時間を一緒に生きてください。私は、あなたと結婚したい」

月下で行われる求婚に、苦しいぐらいに心臓が脈打った。

ああ、どうしたらいいのだろう。

夢のような出来事に、また涙が浮かぶ。諦めなければいけないと思っていた幸せが、今日の前にある。

離れなくてもいい。

もう我慢しなくていい。

ずっと、一緒だ。

そう教えてくれるクラウスの誓いに、メリナは涙を溢れさせて笑った。

胸を、幸せでいっぱいにして。

「……はい」

大好きな人からの求婚を、幸せで受け止める。

その返事に、クラウスは立ち上がりざまにメリナの腰を抱きしめると、そのまま持ち上げた。

目をまたたかせるメリナを見上げ、クラウスは幸せそうに笑う。

「ありがとう」

それは、メリナも同じだ。

こんな自分を、彼は最初から認めてくれた。嫌いになってやるな、と言ってくれた。それがきっかけで、ほんの少し変わることができたのだ。メリナだって感謝を伝えたい。

メリナは、胸元にいるクラウスの頬を撫で、ゆっくりと——鼻の頭に唇を押し当てた。

優しく、そっと。

少しでも感謝を返したいと思って、唇に想いをのせた。しかし、唇を離して見下ろしたクラウスは、きょとんとした顔をする。

「……唇にはしてくれないのか？」

そう問われた直後、メリナは頬を赤くさせた。

まさか、唇へのくちづけを求められていたとは。

メリナは目をまたたかせて、クラウスの耳元に唇を寄せる。

「誰かに見られているようで、恥ずかしいです」

「……誰もいないのに？」

「ここは妖精の地なのでしょう？」

顔を上げ、真剣な表情でメリナは言った。

「もしかしたら、どこかで見ているかもしれませんよ」

「俺の花嫁は、かわいいことを言う」

そう言って笑ったクラウスが、メリナを抱いたまま寝室に戻る。メリナを下ろし、バルコニーのガラス戸を閉めたあと、にっこり微笑んだ。

「これなら、ふたりきりだ」

改めてそう言われると、恥ずかしい気持ちになるのはどうしてだろう。

さっきまでクラウスを見ていても平気だったというのに、突然顔が見られなくなる。メリナは俯くことで視線を逸らし、この部屋から出ていく言い訳を考えた。——が、クラウスに腕を捕まれ、引き寄せられて腕の中に閉じ込められてしまい、思考が途切れる。

「……何を、考えていたのかな？」

クラウスの甘い声が落ちたと思ったら、腕の力が緩んで髪を一房持ち上げられた。ついそれを視線で追うと、クラウスがメリナに見せつけるようにそこへくちづける。

なんて光景だ。

メリナの煩わしかった髪が、このたった一瞬で、愛しくなった。一瞬で、変えられてしまった。一瞬でクラウスの色気に、あてられてしまった。

「……ッ」

途端に、肌に刻まれた唇の感触が蘇って、肌がざわめく。

身体の奥が、彼を求めて切なくなった。

「クラウスさまの、お召し物を……と」

「うん。ちょうどいい言い訳を思いついたようだ。だとすると」

彼の美しい手の中から、メリナの髪がするりと落ちていく。それに気を取られている間に、彼の吐息が耳に触れた。

「服を脱ぐのは、メリナのほうだと思うが？」

低く、甘い、メリナの心を絡め取るような声で、囁かれる。

心臓が大きく高鳴り、はしたなくも身体の奥が熱くなった。

「ドレスの裾が濡れたままだ。俺よりもひどい。このままでは風邪を引いてしまうよ」

気づいたときには衣擦《きぬず》れの音が聞こえ、彼に背中の紐を解かれていた。

「あの、私」

「逃がさないよ」

メリナの話など聞かないと言うように、クラウスの声がはっきりと言う。

「俺のものにしていい……と、メリナが言ったんだ」

低く、誘うような声に心が震えた。

腰骨のあたりがぞくぞくして、彼にしがみついていないと今にも崩れ落ちてしまいそうだ。それほど、その声は欲情に満ちている気がして、緊張とほんの少しの——期待が入り交じる。複雑な感情を巻き込むように、メリナの心臓は鼓動を増した。

広い寝室に響くのは、メリナのドレスを脱がす衣擦れの音。そこに混ざって、自分の心臓の鼓動が聞こえる。いつの間に、こんなに大きな音を立てていたのだろう。これでは彼に聞こえてしまう。だからといって、離れることも、顔を上げることもできない。

嫌だ、と思った。

このまま彼の腕の中にいて、彼の匂いに包まれていたかった。

緊張で身体を強張《こわば》らせていると、メリナの頭にやわらかな唇の感触がした。

「……メリナ、顔が見たい」

その問いかけに、肩がかすかに震える。彼に応えたいが、やはりまだ恥ずかしい。メリナは申し訳ないと思いながらも、首を横に振った。

「まだ、恥ずかしい？」

どうしてクラウスには、すべて見透かされてしまうのだろう。

「……どうしてわかるんですか？」

「そりゃ……」

言いかけたクラウスが、珍しく言葉を途切れさせる。

手の動きも止まったのが気になって、メリナはつい顔を上げてしまった。クラウスは一瞬、驚いたように目を瞠ったが、すぐに顔を綻ばせる。

「好きだから」

肌がざわつき、甘い気持ちが胸を占めた。

苦しいほどの胸の締め付けに、みるみる視界が歪んでいく。彼の指先がメリナの目元をなぞったことで、涙は眦から溢れ落ち、クラウスの少し照れたような表情が現れた。

「……俺が、大事にしているものを同じように大事にして、大切にしてくれるメリナのことが、大好きだよ」

宝物に触れるように額をつけ合わせ、優しくゆっくりとメリナへの気持ちを告げる。

その声が心に沁《し》み入り、溢れた愛しさに突き動かされるようにして、メリナはかかとを上げた。そっと、クラウスの唇に己のそれを押しつける。

身体が軽い。

彼の首の後ろに腕を回し、つま先立ちになって、彼の唇をついばむ。

「……んぅ」

すると、クラウスもまたメリナに応えるように、くちづけを返してくれた。

何度か互いの唇を味わうようにくちづけると、今度は舌先が触れ合う。彼に舌先を軽く吸われ、メリナも同じ行為を返した。じゃれ合うようなくちづけをしている間に、クラウスはドレスを滑り落とし、ビスチェもやすやすと外す。そしてアンダードレス姿になったメリナを力強く引き寄せ、唇を合わせながら器用に抱き上げた。

ふわりと浮いた感覚がしても、彼とのくちづけに夢中になっているせいか、メリナはベッドに寝かされるまで、自分が抱き上げられたことにも気づかなかった。軋むベッドの上で、ゆっくりと唇が離れていくのを追うようにして、目を開ける。

クラウスの欲望に染まった瞳に、見下ろされていた。

心臓が大きく高鳴り、昨夜彼に灯された快感の疼きが蘇る。

唇が、肌が、身体の奥が、彼の愛撫を期待して熱を持った。

「……クラウス、さま」

彼の手がメリナの頬を覆い、唇をなぞる。その熱が恋しくて、メリナはクラウスの指先を口の中に誘い入れ、舌先で指の腹を舐めた。

クラウスの味がする。

「ああ、まいったな」

ぞくり、とするような低い声が落ちてきたと思ったら、ベッドが軋んだ。誘い入れた指先がメリナの口を開かせ、彼の舌が差し込まれる。

「ん、ぅ」

口の中をすべて味わわれるような舌の動きに、軽く腰が浮く。いやらしいくちづけに、メリナの身体はすぐに力を奪われ、ベッドへ沈み込んだ。

「ん、んぅ、ん、……んッ」

クラウスの舌は戸惑うメリナの舌を追いかけ、捕まえては絡みつき、じゅるじゅるとしごくように吸い上げる。それがたまらなく気持ちよくて、身体が何度も震えた。舌先からとろけてしまう感覚に、頭がふわふわする。

クラウスとのくちづけは、メリナの思考をすぐだめにした。

「……クラウス……ん、さま」

何も考えられなくなり、彼を呼ぶ声が随分と甘くなったのにも気づけないほど、メリナはクラウスでいっぱいだった。

互いの唇を感じているだけなのに、頭の奥で「もっと」という声が聞こえる。

幾度となく、彼にされたことが蘇ってはそれを期待しているのか、クラウスに触れてもらいたくてしょうがないと言わんばかりに肌が熱を持つ。ああ、恥ずかしい。でも足りない。もっと。口の中を好きなだけ彼にまさぐられ、快感を与えられながら、メリナは相反する気持ちでいっぱいだった。

やがて、彼の唇が離れていくと――彼の手がメリナの胸を覆う。

「ぁあッ。……あ、だ、だめ、だめです……ッ」

濡れた唇をそのままにして見下ろすクラウスに、メリナは涙目になって懇願した。

「は、はしたなくなって……しまい、ます」

それ以上されたら、だめになってしまう。

してほしいのに、はしたない自分を知られるのが恥ずかしくて、嫌われてしまうのではないかと不安が先に立って、メリナは眦から涙を溢れさせた。しかし、クラウスは妖艶《ようえん》に微笑み、

「もう、なってる」

すでに痛いぐらいに疼きだし、すっかり硬くなっている胸の先端を指先で撫でた。

「ぁあッ」

メリナは、恥ずかしくてたまらなかった。再び目に涙を浮かべるメリナに、彼は顔を近づけて耳元で囁く。

「俺が、そうさせた」

その嬉しそうな声に、メリナの心臓は跳ね、腰骨のあたりがざわついた。

「だから、もっとなっていい」

誘うような、その声に従いたくなるような、甘い声がメリナの心を絡め取る。

「俺が教えたとおり、気持ちよくなったメリナを見せて」

クラウスは顔を上げ、呆けるメリナに微笑んだ。

「ここから先は、恋ではなく愛を知る行為だ」

そう言って、彼はメリナの唇を再び塞ぐ。大丈夫だと、伝えるように。

「ん、ぅ、……ん、ん、ふぁ……んんッ」

くちづけをしながら、クラウスがつまんだ胸の先端を指の間でくりくりと転がす。唇を触れ合わせているだけだからか、唇が離れると声があがってしまう。

「ふぁ、あ、ぁんッ」

待ちわびていた刺激を与えてもらえたことが嬉しくて、はしたない自分が恥ずかしくて、でもそれ以上にクラウスの指先が気持ちよかった。

「……はぁ……、その嬉しそうな声を聞いたら、もっとしてしまうな？」

きゅむきゅむきゅむ、と緩急をつけて乳首をつままれ、メリナが素直に快楽を受け入れていると、クラウスが妖艶に微笑む。

「ん、あッ、ぁッ」

メリナの首筋に顔を埋めた彼は、メリナの肌を味わうように食み、舌先で舐めてから吸い上げた。ちゅく、という音が近くで聞こえ、食べられているような感覚になる。

その間も、クラウスはメリナの胸をやわやわと揉み込み、つんと勃った先端を揺さぶるように指先を上下に動かした。

「んぁッ、あぁッ」

彼の指先が、メリナの胸を堪能する。その感触を楽しむように、大きさを確かめるように、メリナの気持ちいい声を出させるように、クラウスは乳首に刺激を与えた。

「ぁあッ、あ……、ぁ、ん、……ぁあッ」

「ん。かわいい。もっと聞きたい」

我慢しなくていいのだと、彼が甘い声でメリナを褒め、さらに声をあげさせる。

しかし、不思議とさっきまでの恥ずかしさはない。多少の羞恥はあるものの、クラウスに「気持ちよくなったメリナを見せて」と言われたせいだろうか。彼の指から与えられる快感を、素直に受け入れ始めていた。

それが彼にも伝わったのか、クラウスは首筋から鎖骨をたどり、胸のふくらみまでやってくると、アンダードレスの胸元を引き下ろす。

ふるりとまろび出たのは、メリナのふたつのふくらみだ。

白いやわらかなふくらみの先端は、つんと勃ち上がって色づいている。

「あ、あ……ッ、クラウス……さま……」

彼に、肌を見られてしまった。

じっと見つめるクラウスの視線に反応して、さらに胸の先端が硬くなった気がする。昨夜はナイトドレス越しだったせいか、直接触れることはなかったが、今は違う。

クラウスの視線にさらされた自分の身体は、おかしくないだろうか。

「……いけない子だ」

ため息まじりにつぶやいたクラウスに、メリナがかすかに身体を震わせる。すると、彼は片方の胸の先端を指先でつまんだ。

「あ、あ、あッ」

「こんなに、いやらしい身体を隠していたなんて」

「んぁッ、や、引っ張っちゃ……ッ」

あまりの気持ちよさに喉を反《そ》らせて、身体を震わせる。それでも彼の愛撫は止まらなかった。

メリナが彼を見ると、それを待っていたとでも言わんばかりに、クラウスは口を開けてゆっくりと胸の先端に近づいた。

「あ……、あッ、待って……ッ」

だって、それは絶対気持ちいい。

そう予感するだけで、さらに乳首が硬くなる。それを彼もわかっているのか、口の端を上げてから、乳首にくちづけるように触れた。つんと尖ったその輪郭を確かめるように唇で挟み、先端を舌先でくすぐった。

「ぁあああッ……！　あ、あ、ぁんッ」

腰を跳ねさせるメリナの身体を押さえつけるようにして力を込め、クラウスは乳首に舌を絡ませて吸い上げる。じゅる、という音とともに口の中に含まれてしまい、メリナの腰が高く上がった。

「ッやぁッ、あ、あ、ぁあんッ」

薄布一枚ないだけで、全然違う。

ぬるりとした舌の感触が直接まとわりつき、しごくように何度も吸い上げられる。目の前がちかちかして、腰から力が抜けていくのを感じた。その間に、彼の舌はおいしそうにメリナの乳首をしゃぶっているのだから、快感が止まらない。

「あぁッ、……クラウス、さま……ッ」

「ん？」

「そんな、舐めても……」

「おいしいよ？」

メリナの心の中を覗いたような発言に、恥ずかしいとも嬉しいともしれない気持ちで、胸がいっぱいになる。まばたきを繰り返すメリナに妖艶に微笑み、クラウスは目を閉じて、またおいしそうに色づいて尖った乳首を口の中に入れた。

「ぁああんッ」

舌先で転がし、ちゅくちゅくと吸いつく。

だめだ、気持ちいい。

「んんッ……、あ、ぁッ」

もう片方の胸は、硬くなったそこを指先で弾かれた。つまんだ指の間でくりくりと転がされるのもたまらないが、舌と一緒に同じ動きをされるとまた、たまらない。

両方から与えられる甘い刺激に、メリナは何度も身体を震わせて声をあげた。

「あぁあッ、あ、んーッ、ん、ぁッ、あ、あ。やぁ、それ、……んんッ」

「ああ、これが好き?」

「あ、ぁああんッ」

「じゃあこれは?」

「ぁあッ、あ、あッ」

「ん、いい子だ。もっと教えて」

メリナの反応を見ながら、クラウスは快楽を教えこみ、さらに快楽を引き出していく。

頭の中が「気持ちいい」でいっぱいになってくると、寝室に響くメリナの甘い声の合間に、ベッドの軋む音が挟まれる。

クラウスの舌と指先に翻弄され、メリナの身体が変わっていく。変えられていく。

クラウスの手によって、声によって。

「あ、あ、……ッぁあッ……――ッ」

もうだめだ、と思ったときには、クラウスに乳首を勢いよく吸い上げられ、目の前が白く弾けていた。腰が高く跳ね、けだるい倦怠感《けんたいかん》とまとわりつく快楽で、小刻みに身体が震える。

「……クラウス……さま……」

だから、彼の手が、いつメリナの胸から離れて、アンダードレスを脱がしたのかは知らない。気づいたときには裸にされ、クラウスが胸から顔を上げ――秘所を撫で上げられていた。

「あああッ」

ぬるりとした感触で、濡れていることを知らしめられる。

それを恥ずかしいと思わせる隙を与えることなく、クラウスの指はメリナのナカに指先を埋めた。溢れた蜜が、滴り落ちる。

「ん、んんぅ……ッ」

「……だいぶ、ほぐれてる」

メリナの頬にくちづけ、クラウスが安心させるように言った。

「……クラウス……さま……」

「ん？」

「どう、するの……ですか？」

呆けたように言うメリナに、クラウスは少し逡巡してから口を開いた。

「……メリナを、俺のものにするよ」

「クラウスさまの？」

「ああ。だから、メリナのここに、入らせてくれる？」

指でナカをとんとんと軽く叩かれ、腰が浮く。

「入りたい」

懇願にも似た響きに、身体の奥が疼いて、はしたなく蜜が溢れるのがわかった。すると、彼は嬉しそうに笑う。

「……ああ。ココは、いいって言ってくれている。今、俺の指を締め付けた」

それはとても恥ずかしいような気がして、メリナは頬を染める。しかし、クラウスは大丈夫だと伝えるように、優しく言った。

「欲しがってくれるのは嬉しいよ。……だから、メリナの心を聞かせてくれる？」

あくまでも、メリナの心に寄り添おうとしてくれる、その優しさが嬉しかった。

「……クラウスさまのものに、して」

メリナがはにかむと、クラウスは嬉しそうに顔を綻ばせてくちづけてくれた。

最初は唇を食むように、ついばむように、ただ唇を合わせて互いのぬくもりを感じ合う。クラウスの指は、メリナのナカから引き抜かれていた。互いの唇のぬくもりが同じになったころ、濡れた秘所に熱い塊が押しつけられる。

「ゆっくりする」

唇にちゅ、とくちづけて、クラウスは上半身を起こした。メリナの腰を掴み、開かれた足の間——秘所に添えた熱い塊が、少しずつ入ってくる。

「んんッ」

息が、詰まった。

その大きさに、熱さに、硬さに。

呼吸をするのも苦しいぐらい、入ってくる熱の大きさに慣れない。それでもなお、それはメリナの狭いそこを押し広げるようにして進む。ひきつるような痛みを感じても、見上げた先で苦しげな表情をしているクラウスを見れば、我慢できる。

だから、そんな顔をしないでほしい。

「すまない……、痛い……よな」

メリナは腰を掴むクラウスの手に己の手を重ねて、大丈夫だと伝えるように笑った。初めて男を受け入れる痛みと感じたことのない圧迫感で、ちゃんと笑えているかどうかはわからないが、心を伝える。

「クラウスさま……、クラウス、さま」

「ん……、メリナ」

彼もまた、切ない表情でメリナの名を呼んでくれた。

ナカを埋めていく熱によって、自分の身体がクラウスに変えられていくのがわかる。

何も知らないそこが、クラウスの形になっていくのが、心のどこかで嬉しかった。こんなに幸せな瞬間があるとは思わなかった。夢のような気がして、涙が溢れる。

この苦しみも、痛みも、湧き上がる愛しさも、すべてクラウスに与えられたものだ。

そう思うだけで、胸がいっぱいになった。

「クラウスさまぁ……ッ」

メリナが泣きながら両手を伸ばすと、応えるようにクラウスが抱きしめてくれる。

触れ合う肌のぬくもりに、嬉しさで胸が締め付けられ――最奥に熱が届く。

「んッ、んぁッ、あッ、んんッ」

彼を抱きしめる腕に力を込め、メリナは幸せから愛を知った。

そっと顔を上げたクラウスが、申し訳なさそうにメリナの目元をなぞる。

「……すまない、痛い思いをさせた……」

ああ、違う。

メリナは、すぐに首を横に振った。

「……ち、違います、……ちが」

涙を拭ってくれたクラウスに、そうではないと伝える。

「ん？」

「……嬉しくて」

「……」

「クラウスさまで、いっぱいで……」

でも、すべてが満たされたわけではなくて。

嬉しいのに、まだ足りないと心が不満を訴えてくる。

うまく、言葉がまとまらない。

なんて言えばいいのだろう。

どう、伝えたらいいのだろう。

胸を占めるこの気持ちを伝えたくて、メリナはクラウスの頬に手を添え、己の唇をそっと押しつけた。心の奥底から湧き上がってくる気持ちが、唐突に言葉になった。

「すき」

たった一言。

それを伝えただけで涙が溢れ、足りない隙間が埋められた。

胸いっぱいに甘い気持ちが広がり、まだ足りないと言うように、メリナは泣きながらクラウスを抱きしめる。

「好き……、すき、好きです。……クラウスさま、好き」

一度言ったら、もう止まらない。

すがるような声で、メリナは何度となく心を言葉にした。そのたびに、クラウスが身体をひくつかせていることなど、気づかずに。

「メリナ、……わかった、わかったから……ッ、待って……ッ」

「嫌です」

「いい子だから」

「もっと言いたいのです。ちゃんと、ちゃんと……ッ」

「大丈夫。メリナの気持ちはしっかり伝わってる。というか、伝わりすぎてる」

少し困った様子で言うクラウスに、メリナはきょとんとする。そっとメリナの腕の中から離れたクラウスが、視界に現れた。

「……好きって言われるたび、俺を締め付けるものだから……、たまらない」

「……」

「壊してしまいそうになる」

かすかにあがる吐息、いつもよりとろけた眼差《まなざ》し、ときおり漏れ出る甘い声。

目の前にいるクラウスが、今までになく扇情的で息を呑んだ。

「あ、こら、また……ッ」

ひく、と身体を震わせ、その声が甘く響く。

クラウスを見ているだけで、身体の奥が疼き始めた。

「……クラウスさま、すき」

「ん、メリナッ」

「私、クラウスさまが好きです。だから、クラウスさまに何をされても、きっと好き」

微笑むメリナに、クラウスは複雑な表情をして息を吐き出した。

「…………ああもう、本当に――いけない子だ」

そう言ったクラウスの瞳は欲望に染まり、ゆっくりと腰を動かす。

「んんッ」

彼が出ていくと、そこにいたはずの彼の熱を求めてナカが疼いた。が、彼は再び入ってくる。

「ぁあッ」

喜びに震えるメリナのそこはクラウスを抱きしめ、離さない。それを、ゆっくり二度、三度と繰り返していくうちに、受け入れたときにあった違和感が緩和していく。しかし、それでも狭いそこを押し広げるようにして入ってくる熱に、かすかな痛みも混ざった。

それも、クラウスのくちづけでどうでもよくなる。

「ん、ぅ」

くちづけるクラウスにメリナも応えていると、突然、最奥を突かれた。

「んんぅッ」

浅く腰を引き、深く奥を目指すクラウスの熱が、規則正しい律動を与える。溢れる蜜が、つながっているところから溢れているのか、ぐちゅぐちゅと淫猥《いんわい》な水音が響く。その頃には、彼がいなくなるだけでナカが疼き、入ってくると喜ぶようになった。彼のカタチを、何度も何度も覚え込ませるような動きで、メリナはクラウスの欲望を一身に受け止める。

「ん、んぅ、ぁあッ、あ、あ、クラウス……さまッ」

肌のぶつかる音とともに少し動きが速くなっただけで、声が甘くなった。

「ぁあッ、あ、あッ」

「メリナ……、メリナッ」

上半身を起こしたクラウスは、両手でメリナの胸を揉《も》み上げ、先端を指先で揺さぶってくる。その刺激がナカに与えられるものと一緒になり、快感が一気に膨れ上がった。

「ああッ、あ、ぁあ、あーッ」

どこもかしこも、クラウスに変えられ、気持ちいい。

クラウスの美しい顔が快感に歪み、メリナを見つめる目が肉食獣のそれになる。

唇を舐める姿が妖艶で、とても扇情的だった。彼の下でやわらかな胸をいやらしく上下に揺らし、その先端を指先でつまれ、弾かれ、転がされるたびに、ナカにいる彼の欲望を締め付けた。

溢れる蜜はベッドへ滴り落ち、軋む音が激しくなる。

寝室にはいやらしい水音と互いの甘い吐息と声が、満ちていった。

「やぁ、あ、あ、……クラウス……さま……ッ」

「ん？」

「ぎゅって……ッ」

してほしい。

途中で途切れた言葉を理解したのか、クラウスはシャツを脱ぎ捨て、口元に笑みを浮かべてメリナを抱きしめる。それでも、腰の動きは変わらない。蜜を掻き出すような動きに、メリナの快感が引き出されていく。

ぴったりと重なった肌は汗ばみ、メリナに安心感を与えた。

「クラウスさま……ッ」

「ん？」

「気持ち……、いい」

「ああ。……俺も気持ちいい」

嬉しい、とメリナの心が震えたが、次に続けられた一言に息を呑む。

「でも、まだ足りない」

耳元で囁かれた直後、彼がメリナの腰を浮かすようにしてもっと深く入った。奥を叩くクラウスの腰使いと、力強い腕に、メリナはもうだめになる。与えられる快感が、今まで教え込まれた感覚を思い出させるように、まとわりつく。

「やぁ、も、もう……ッ、あ、ぁあッ」

クラウスの手がメリナの頭を撫で、我慢するな、と伝えてきた。

顔を上げた彼が、いいよ、と伝えるようにくちづける。

ひとつひとつの仕草で、メリナを縛っていた理性をひとつずつ外していくと、その先に絶頂が見えた。クラウスの腰の動きが速くなり、メリナの快感の波はそこまで迫っている。

「ああ……ッ、メリナ……メリナ……ッ、そんなに締め付けて……ッ」

もう、もうだめ、きてしまう。

そう思った直後、クラウスがメリナを思いきり抱きしめ、耳元で囁いた。

「愛してる」

もうそれだけで、だめだった。

「……ッ、ぁ、ぁあああッ、んん、――ッ、ッ」

クラウスのすべてを受け入れ、言葉にならない声があがる。

身体がやたらと跳ね、クラウスを抱きしめる腕に力をこめてもなお、腰が浮いた。

「ッく、あッ……、出る……ッ、んッ」

次いで、クラウスが一際強く腰を押しつけた直後、どくんという音がつながったところから聞こえ、爆《は》ぜた熱が注がれる。勢いよくメリナのナカを満たしていく熱い飛沫《しぶき》に、お腹が熱くなった。クラウスは一度、二度、と腰を深く押し入れてメリナの上に降ってくる。

「……ッはぁ、……あ、……クラウス……さま……」

　クラウスともどもベッドを軋ませたメリナは沈み込み、小刻みに身体を震わせた。気だるい感覚に包まれながらも、メリナは荒い呼吸をするクラウスを抱きしめる。

「……はぁ、あ、……メリナ……」

　ぎゅ、とすがるように抱きしめてくるクラウスに、愛しさで胸がいっぱいだ。つい、彼の頭を撫でてしまった。

「……重く……ないか？」

「いいえ。……心地いいぐらいで……、もう少し、こうしていたいです」

「……………そうか」

「クラウスさまは？」

「ん。俺も、気持ちいい」

　すっかり気を許した、無防備な声で言われたら嬉しくてしょうがない。メリナは抱きしめる腕に力を込めた。

「……ふふ。クラウスさま、好き」

「メリナ、あまりかわいいことを言うと……」

「え？　……あ、え？　クラウスさま？　あの」

途中で、ナカにある彼の熱が、力を取り戻したように硬くなっていく。それに気づき、メリナが戸惑いの声をあげると、クラウスが上半身を起こして前髪を掻き上げた。

「……だから言ったのに」

「んッ、あ、クラウスさま……ッ」

「ん？」

「……熱い……です……」

「どこが？」

「……ここ」

腹部を撫でたメリナに、クラウスは笑った。

「さっき、出したからな。それに、まだ、俺がいる」

腹部に置かれたメリナの手に己のそれを重ねて、少し押す。かすかに、ナカに入っている彼の熱が手のひらに伝わった気がしたが、気のせいかもしれない。ドキドキして腹部を見ているメリナに、クラウスは笑った。

「興味津々だ」

「だって、クラウスさまがいると思うと……幸せで」

へにゃり、と幸せで顔が緩むメリナに、クラウスはまた困ったようにため息をつく。

「…………かわいいがすぎる」

「え？　クラウスさま、なんて？　……って、え、あの、待って、なんか大きくッ」

驚きに声をあげるメリナを抱き起こし、クラウスはつながったまま彼女を抱きしめた。ナカにいる熱はまだ大きくて、少し苦しい。が、彼の腕の中に包まれ、身体を預けたメリナは、愛おしさでクラウスの肌に頬を擦り寄せた。

「……くすぐったいな」

「だめですか？」

「メリナになら、許す」

「……クラウスさまに、許していただきました」

くすくすと笑うメリナに、クラウスもまた嬉しそうに彼女の頭にくちづける。そこだけでは嫌だと言うようにメリナが顔を上げると、今度は唇にしてくれた。

ついばむように、かわいい音を立てて。

しかし、唇を重ねたままクラウスが倒れこんでしまう。

「ん、んむむ？」

メリナが上半身を起こすと、クラウスは下で嬉しそうに笑っていた。さっきとは逆の体勢になっていることに気づくメリナに、クラウスは言う。

「いい眺めだ」

メリナの両腕の間から覗く胸の突起を、両方つまむ。

「ぁんッ、ん、んッ」

つながっているところから、彼の熱がまた大きくなったのを感じる。

「あ、あッ、クラウスさま、触り方がいやらしい……ッ」

「メリナのここが、いやらしいからな？」

嬉しそうに、クラウスは乳首をつまんでは、くりくりと指の間で転がし、その先端をよしよしと撫でた。無防備な体勢でクラウスに好きなだけ乳首をいじられ、何度も声があがる。指先を小刻みに動かして揺さぶられたときは、刺激が強すぎて目の前が軽く弾けた。

過ぎ去った快感が少しずつメリナの肌を熱くさせていくと、無意識に腰が動いてしまう。ナカが疼いて、自然と快感を追っていた。

「……メリナ、腰が動いている」

「ん、んッ。ごめ、ごめんなさい……ッ」

気持ちよくて謝ることしかできない。が、腰は止められない。クラウスの指は変わらずメリナの胸の先端をいじり、甘い快感を教え込んだ。

「気持ちいい声を出して……」

「や、ぁあんッ。あ、……クラウスさま、指、……気持ち、いい」

「指だけか？」

楽しげに言ったクラウスが、乳首をいじるのをやめ、快感にふけるメリナを見上げて口を開いて舌を出す。これはいらないか、と言われているようだった。すでに快楽に思考を侵されたメリナは、誘われるようにして腰を浮かし、上半身を傾けていく。

そして、自分から彼の舌に胸の突起を差し出した。

「いい子だ」

クラウスはメリナの乳首を口に含むようにして言い、じゅるりと吸い上げる。

「ん、ぁあッ」

甘い痺れが全身に走り、身体を震わせた。

それでもなお、彼の舌はメリナの乳首を好き勝手にする。舌先で揺らしたり、転がしたりしては、音を立てて吸った。さらに下から突き上げられるせいで、快感が快感を呼ぶ。

「あ……んッ、ぁ、あッ」

ああ、まただ。

また何かがきてしまう感覚に、メリナはどうしたらいいのかわからなくなる。

「だ、め……ッ、だめ、です。きちゃ……ッ」

「いいよ」

「んんッ、やぁッ。だめ、だめッ」

もうだめだと伝えんばかりに、メリナは背中を逸らした。

図らずもクラウスの口の中からメリナの胸の先端が出ていき、そのまま上半身を倒れ込ませる。クラウスの濡れた唇が目の前にあるのを見て、メリナは誘われるようにくちづけた。

「ん……、ん、ぅ」

食むようにしてくちづけるメリナに、クラウスも応える。

互いの唇が同じぬくもりになり、唇から甘くとけてしまう感覚になったときだった。クラウスの手がメリナの腰をしっかりと掴み、下から思いきり突き上げる。

「んんぅッ」

ナカで彼の残滓《ざんし》とメリナの蜜が混ざり合ったものが、つながっているところから溢《あふ》れ出《だ》す。

淫靡《いんび》な音が周囲に響く中、クラウスの、肉壁をなぞり、己のカタチを刻みつけるような律動に、メリナは唇を食みながら頭の奥が白くなっていくのを理解した。もうだめだ。いろいろとだめになる。先程やってきた快楽の波が、もうすぐそこまで迫っていた。

身体中が「気持ちいい」でいっぱいになって、意識がさらわれる。

あの感覚が――やってくる。

「ん、んぅ、ん……ッ、ッはぁ、あ、……クラウス……さまぁ」

「メリナ。……いいよ、だめになって」

唇を触れ合わせて懇願するメリナに、クラウスが優しく言う。それが嬉しくて心が満たされていくと、

「だめになった、メリナを見せて」

クラウスが無防備なメリナの乳首をつまんだ。

その一瞬で、メリナは真っ白な世界を受け入れた。

「んんッ、ぁあ、ん、ん、ぁ、――ッ、ッ」

弾けた視界と痛いぐらいに敏感になっている乳首のしびれを感じ、メリナはクラウスの上で身体を震わせる。クラウスの欲望はまだ硬く、突き上げた腰を下ろすと、メリナのナカから出ていってしまった。貫かれることがなくなったメリナは、呼吸を整えるためにクラウスの上に落ちた。

「……ん、んんッ」

小刻みに震える身体には、まだ快感が残り、肌の下でくすぶっている。そんなメリナの頭を優しく撫でてくれる、彼の手がとても心地よかった。触れ合う肌のぬくもりも、メリナを安心させてくれるのだが、ナカに注がれた熱が容赦なく出ていくのがさみしくて、メリナはクラウ

スにしがみつく。

「……ん？」

「出て……いっちゃ」

「そうだな？」

「せっかく、クラウスさまが……、くださったのに……」

「……メリナ」

「はい」

「それはわざとなのか」

ため息交じりにつぶやいたクラウスは、自分ともども身体を起こし、メリナをまたベッドへ横たわらせる。またクラウスを見上げるメリナだったが、彼の言葉の意味がわからず首をかしげた。

「……クラウスさま？」

「また欲しい、と聞こえた」

クラウスの手が、メリナの腹部に添えられる。

「ここに、俺の子種が欲しいと」

欲望に染まった瞳に射抜かれ、ぞくぞくとした感覚に身体の奥が疼く。もうそこにクラウスはいないのに、彼を求めるようにナカが反応した。

知ってしまったことを、知らないふりなどできない。

「……ああまったく。そんな顔をされたら、我慢できなくなる」

そんな顔とはどんな顔だろう。

不思議に思うメリナに、クラウスは嬉しそうに言った。

「俺のことが、大好きだという顔だ」

その直後、メリナのナカに一気に彼の熱が入ってくる。

「ぁあッ、あッ」

メリナのナカで蜜と彼の残滓が混ざりあったおかげで、最初よりも痛みはほとんどない。しかし、入ってくるときの圧迫感には、慣れていなかった。

彼とつながって初めて、メリナは自分の身体が空っぽだったのだと気づく。

欲望に硬くなった熱を受け入れたことで、彼に満たされる幸せを知った。

「んッ、こんなに締め付けて……ッ。そんなに欲しかったのか？」

「クラウス……さま」

「今度は、たくさん注いでやる」

軽くくちづけたクラウスが、メリナの腰を掴んで抽挿を始める。

ゆるゆると腰を動かし、浅く出し入れを繰り返すと、メリナの肉壁がこすられてナカに残った残滓が掻き出された。それから徐々にクラウスの腰が深く、奥を目指すような動きになったが最後、身体をこれでもかというぐらいに揺さぶられる。

「……ッぁあ、あ、あッ」

上半身を起こしたクラウスが、メリナの両手を掴んで突き上げる。腕の間にあるふたつのふくらみは、クラウスの下でいやらしく上下に揺れた。クラウスはそれを満足そうに見つめ、唇を舐める。それが色っぽく、扇情的で、メリナの心臓が高鳴った。

「……あ、ぁあッ」

気持ちいい声が出てしまう。

淫靡な水音と、ベッドの軋む音、それからメリナとクラウスの甘い吐息が混ざり合い、寝室に満ちていくと——ほどなくして互いの身体にくすぶっていた快感が、出口を求めてさまよい始める。

「……ん、クラウス……さま、クラウスさまぁ……ッ」

求めるように呼ぶメリナに応えるように、クラウスが抱きしめてくれた。それが嬉しくて、メリナは首の後ろに腕を回す。

「クラウスさま、すき……、好きッ」

うわごとのように彼への想いを口にするたび、クラウスの身体が震えて、甘い吐息を漏らした。

「メリナ……ッ」

クラウスの声もまた、切羽詰まってくる。

くちづけを交わし、互いに互いの気持ちいいところを探すようにして舌を絡め合わせると、快感の波がすぐそこまでやってきた。何度も快感を与えられたせいで、メリナはその快楽を受け入れやすくなっていたのかもしれない。

「やぁッ、あ、クラウスさま、……もう……ッ」

「ん。いいよ……、メリナ」

「んんッ」

「だめになってしまえ」

唇を触れ合わせたまま、命令するような声に促され――目の前が白く弾けた。

「ぁ、あ、ん、ぁ、あぁッ――ッ、ッ……んぅッ」

「ッく、あ、……俺も、もう、出す……ッ」

メリナがクラウスを締め付けて腰が上がった直後、ナカに爆ぜた熱が注ぎ込まれる。どくん、どくん、という音とともに、つながっているところから溢れるほど注ぎこまれた熱に、メリナのナカが満たされた。

熱い。

そして、愛しい。

互いに身体を小刻みに震わせながら、メリナはクラウスを抱きとめ、クラウスもまたメリナにすがるように腕を回した。互いに互いが必要だと、もっと触れ合いたいのだと、肌から伝わる互いの鼓動が、告げているようだった。

「……クラウスさま……」

「……ん？」

「あの、……お願いが」

どうした、と言うようにクラウスが顔を上げる。

「もう少しだけ……、……その、一緒にいたい、です」

自分がわがままを言っていることを理解しているからか、どうしても彼の表情を窺ってしまう。

「あの、でも、夜明けまでには戻りますから……、まだこうしててもいいですか？」

ごめんなさい、と伝えるように言うと、クラウスはため息をついてうなだれた。

「……俺は、メリナにどうにかされてしまいそうだ」

「え？　あれ？　クラウスさま、なんか……またおっきく……ッ」

ナカにいる彼の熱が、また力を取り戻していくのがわかる。動揺するメリナに、クラウスは顔を上げて、こっちを見てと言いたげに頬を両手で挟むように包んだ。

「もとより、放すつもりはない」

はっきりと、真剣に向けられる想いに息が苦しくなる。

「夜明けまでに、メリナをこの部屋から出すと思っているのか？　この俺が」

「……」

「悪いが、俺はそんな優しい男ではないよ」

妖艶に微笑んだクラウスが、ときめきで息苦しくなっているメリナの唇を塞ぐ。

「時間の許す限り、愛してやる」

情欲にたぎる視線に貫かれ、メリナの肌に快楽の熱が灯る。そこから先は、互いの身体の境界がわからなくなるぐらいに、肌を重ね、熱が混ざりあった——。

終章　これはおとぎ話のような恋だと思う。

目が覚めると、窓から入り込む爽やかな日差しが、床を照らしているのがぼんやり見えた。けだるい身体と背中に感じるぬくもりに、メリナはゆっくりと寝返りをうつ。下腹部に鈍い痛みを感じたが、美しいクラウスの寝顔を見たらどうでもよくなった。

昨夜と言ってもいいのかどうかわからないが、最後にどうなったのか記憶はない。気を失うようにして眠ってしまったのかもしれない。それでも、クラウスはメリナを抱きしめて眠ってくれた。

そっと、胸元に頬を擦り寄せると、頭にやわらかな感触が押し付けられる。

「……おはよ」

低く、かすれたクラウスの声だ。触れ合う肌のぬくもりから改めて幸せと甘い気持ちがわきあがったメリナは、顔を上げて微笑んだ。

「おはようございます」

「どうかした?」

「起きても、クラウスさまがいるなって思って」

幸せが幸せを連れてきて、とても満ち足りた気分だった。

ふふ、と微笑むメリナを腕に抱き、クラウスはため息をつく。

「はぁあああ、朝になってしまった」

残念そうな声に、首を傾げる。

「いけないのですか?」

「これから、モーリスたちに俺たちのことを話して、新婚早々で申し訳ないが、王都へ来る準備をしてもらわねばならん」

なぜ、王都なのだろう。

不思議に思うメリナを腕の中から放し、クラウスはメリナの頬へくちづけた。

「俺の、戴冠式がある。あの儀式を取り仕切っているのが、ウィンランド家なんだ。ああ、安心してくれ、儀式中は顔を隠す。だから、モーリスがやっているのはバレたりしない。儀式自体もそこまで難しくはないんだが……、その間、ノーラにどこまでメリナの教育をお願いするべきか、と」

「私に、教育?」

素直に首を傾げるメリナに、クラウスは平然と続けた。

「ああ、王妃教育だ」

「⁉」

突然告げられた内容に、メリナの頭が白く染まる。時間が止まり、どうしてそんなことになっているのか理解できないでいるメリナの様子に、クラウスは目をまたたかせた。

「まさかとは思うが、また俺の身分を忘れていたわけでは……あるな、その顔は。ああもうまったく」

しょうがないなあと言わんばかりに、クラウスは固まるメリナの頬を撫でた。

「ああああ、す、す、すみません！ というか、え、王妃？ わ、私がですか⁉」

戸惑いを顕《あらわ》にするメリナを、クラウスは愛でるように笑う。

「俺が王になるんだ。その俺と結婚すると、メリナは王妃になるな？」

「考えてませんでした‼」

「知ってる。それに、王妃なんて言葉を出したら逃げ出しそうでもあったしな？」

くすくすと、クラウスはすでにこの状況をおもしろがっている様子で笑っていた。笑い事ではない気がする。

「うぅ、私、大丈夫でしょうか……」

不安でしょうがない。

しかし、クラウスは不安など感じていないようだった。

「なーに、俺の知らない間に強力な味方をつけていただろう？　大丈夫だ」

「強力な味方？」

「ルリアーナ」

なぜ、ここでルリアーナの名前が出るのだろう。

「あれは、城でなかなか慕われている。メリナのことも大好きなようだしな。いい味方になるぞ。……ああ、ところで、街にいたメリナは、ここまでどうやってきたんだ？　俺が妖精への報告をする儀式のことを、誰かに聞いたのか？」

メリナの疑問が解消されることなく、話は進む。少し、頭が追いついていなかった。

「あ、その、儀式をしていることは知りませんでしたが……、ルリアーナさまが馬に乗せてくださって……、それでクラウスさまが、ここにいると教えてくださいました」

クラウスは一瞬驚いたように目を瞠り、それから戸惑うメリナの頭を撫でた。

「なるほど。随分と気に入られたものだ。妹は、本当に好きなやつしか馬に乗せない」

妹。その単語に、メリナの頭がはっきりしてくる。

「妹……ルリアーナさまの、厳しくてドレスの色にも小言を言うお兄さまというのは、クラウスさまのことなんですか⁉」

「あいつ、そんなことを言ってたのか」

驚きの声をあげるメリナに、クラウスはため息をつく。しかし、メリナはルリアーナの本当の気持ちを知っている分、笑顔で自信を持つことができた。

「はい。お兄さまのことが大っ好きなご様子で、おっしゃってました」

すると、クラウスは虚を突かれたのか、ほんの少し目を伏せる。少し照れているような様子に、メリナはもっと嬉しくなった。

「クラウスさまも、ルリアーナさまのことが大好きなんですね」

にこにこと笑顔で言うメリナに、さすがに嘘は言えなかったのだろう。無垢《むく》な笑みにほだされて、クラウスは諦めたように言った。

「妹には言うなよ？」

「大丈夫です、気づいてますから」

「……まったく、メリナにはまいる」

困ったように笑ったクラウスが、再びメリナを抱きしめて仰向けになる。一瞬で、彼の上にのせられてしまった。下にいる彼は猫を撫でるような仕草でメリナの頬を撫でる。

「城には、俺もルリアーナも、シェリルもいる。戴冠式が終わるまでは、ノーラとモーリスもな。いい機会だから、一緒に俺たちの結婚式も挙げようと思っている。メリナには悪いが、これから忙しくなる……、大丈夫か？」

「が、がんばります」

「もう少し、肩の力を抜け」

緊張で顔がこわばったメリナを見て、クラウスは笑った。

「なに、大丈夫だ。誰にも文句は言わせない。ただ、俺としては……、忙しくなる前に、もう少しメリナと怠惰な朝を過ごしたいんだが……？」

メリナの頬を撫でていた彼の手が、いやらしく肌をなぞった。首筋を撫で、肩の輪郭を辿るように触れられていくと、教え込まれた快感に熱が灯る。メリナの足の間に、クラウスが膝を立てたせいで、秘所が当たった。

漏れた吐息を奪うようにメリナの唇にくちづけたクラウスが、囁く。

「欲しい」

「ん、ぁッ」

「足りない」

「んん、でも」

「いいから、身体を少しだけ起こして」

言われたとおり、胸に手を置いて伏せていた上半身をかすかに起こす。すると、クラウスはメリナの尖った胸の先端に触れた。

「あぁッ、そこ、はッ」

「昨夜、たくさんここで気持ちよくなっただろう? また、メリナのとろけた顔が見たい。……なーに、昨日の今日だ、さすがにモーリスも少しぐらい俺たちに気を使って——」

と、甘い快感とともに誘惑するクラウスだったが、それを遮るようにして階下から大きな声が届いた。


「お兄さま————!!! そろそろメリナを離さないと、モーリスが泣くわよー!!」


ルリアーナの声で動きを止めたクラウスが、快感に頬を染めるメリナをぎゅっと抱きしめる。

「……モーリスぐらい、泣かせておけ」

ぼそ、とつぶやいた声に、思わず彼の頭を撫でていた。よしよし、と子どもではないのに、なんだか急にかわいいと思ってしまった。すると、クラウスはメリナを抱きしめたまま上半身を起こした。

「まったくもって、キミは本当に愛されている」

視線を合わせたメリナに、クラウスは嬉しいとも寂しいとも悔しいとももとれない複雑な表情を浮かべる。それもまたかわいくて、メリナは顔を綻ばせた。

「クラウスさまが、それを教えてくれたんですよ」

「そうなのか?」

「この前髪を切らなきゃ、わからないことがたくさんありました」

「……」

だから、今ようやく言える。

「私、今の自分が少し好きです」

そう思えるきっかけを作ったクラウスがいてくれたから、ここまでこられた。へへ、と微笑むメリナに、クラウスは何かを我慢するように額をつけあわせる。

「だからそうかわいいことを言われると、このまましたくなる……」

「ふふ、クラウスさま、かわいい」

「これでは、あのときと逆だ」

「いけませんか?」

「いいや。俺たちのおとぎ話にはちょうどいい。まだ、めでたしめでたしには早いが」

そう言って、クラウスは嬉しそうにメリナにくちづける。

後の国王夫妻になるふたりの幸せが寝室に満ちていく、その窓の外――バルコニーでは、誰がどうやって置いたのか、ふたりを祝福するように色とりどりのたくさんの花が敷き詰められていた。

あとがき

初めましての方もそうでない方もこんにちは。伽月るーこと申します。

このたびは、本書『国王陛下と秘密の恋　暗がりでとろけるような口づけを』を、お手にとってくださり、まことにありがとうございます。

蜜猫文庫さまでは二作目となります今作ですが、実は何年か前に友人と電話していたときに出たネタを、練り直したお話だったりします。当時は「書きたい」と思っていたのですが、なかなかお目見えする機会がなかったんですよね。それでも、頭の端に書きたい気持ちはあったので、今回引っ張り出して今作になりました。他にも書きたいネタはあるので、いつになるかはわかりませんが、少しずつ形にできるようにしていきたいなあ、とぼんやり考えております。

さて、今作。一度でいいから、書いてみたかった！　が、勝るお話になりました。

相手のことを知らない状態で恋に落ちる、普通の恋愛をどうしても書きたくてですね！

実は相手が王様でした！　っていうのを、やってみたくてですね！（正式タイトルが決まった瞬間「陛下、心の声だだ漏れですやん、陛下！」と、めっちゃ笑ったのは内緒の話）

いやー、楽しかったです！

何も知らないふたりが出会い、恋に落ちていく過程、デートなんてしちゃったり、自分の気持ちが恋だったと気づいたときには「好きになってはいけない相手」だったり。身分差も好きなのですが、こういう「恋愛」も好きで。いつか書きたかったお話のひとつだったんですよね。なので、書く機会をいただけたことが、ありがたいとしみじみ思います。

そうして出来上がった今作なのですが、いかがでしたでしょうか。

たまには、こういうお話もいいかな、と思って書いたお話でした。

なお、今作でもっとも輝いていたキャラは、馬をかっ飛ばしたルリアーナです。彼女はクラウスとメリナの結婚を見届けてから、たぶん自分を守ってくれた騎士と恋仲になるのではないだろうか……、と勝手に想像を膨らませております。あんまりそういうの意識して書いたりしないんですが、なんとなく、そんな気がしてますね。

みんな、幸せになるといい……ッ！

と、握りこぶしを作ったところで、全然関係ない話になるんですが。

深夜、食事中の場面を書くことが多かったりします。今作だと、あのアップルパイのシーンでしょうか‼　もう、深夜に、アップルパイが食べたくて食べたくて食べたくてしょうがなかったです……。気づくと、深夜に食事風景を書いたりしてて、自分で自分に飯テロをかましては「うぉおおお腹へったぁあああ」と呻くわけです。

これぞ、セルフテロ。

そんなしょうもない話題は、おいといて（おいとくのか）。

このたび、イラストをご担当くださったことね壱花先生、ありがとうございます！

かわいいメリナに、優しいクラウス。本編から抜け出したようなイラストを前に、一瞬呼吸が止まりかけました。お忙しい中、こんなにも素敵にふたりを描いてくださり、心から感謝申し上げます。

そして、担当さま。いつも、本当にいつもありがとうございます!!

今回、担当さまからの「かわいいヒロインとお話」というお言葉に、だいぶ救われました……。正直、これを書いているときの記憶がないので、担当さまのお言葉だけが、私の救いでした。何度もメールを読み返しては「がんばろう」と思えました！

ことね壱花先生と担当さんがいらっしゃったからこそ、できたお話です。

さらに蜜猫編集部のみなさま、このお話を書かせてくださり、ありがとうございます。そして、某シーンが少なくてすみません。次があるならば、そのときはもう少し某シーンを増やしてまいりたいと思います！

そしてそして、今作を書くきっかけを作ってくれた友人へ「読みたい」と言ってくれて、ありがとう。その言葉があったから、私はこれを練り直そうと思えました。挫けそうになったとき、いつも声をかけてくれてありがとう、励みになったよー！

最後になりましたが、家族、連絡をくれる友人、ツイッターで構ってくださる方々、この本に関わるすべてのみなさまに、感謝を。

この本を手にとってくださいました方、あなたがこの本と出会ってくださったからこそ、この本はこの本としていられます。ここまで読んでくださり、ありがとうございます。手にとってくださる方がいるからこその、私です。重ねて感謝申し上げます。

それでは、またどこかでお目にかかれることを祈って。

二〇二〇年　三月　伽月るーこ

蜜猫 Mitsuneko Label

蜜猫文庫をお買い上げいただきありがとうございます。
この作品を読んでのご意見・ご感想をお聞かせください。
あて先は下記の通りです。

〒102-0072　東京都千代田区飯田橋 2-7-3
(株)竹書房　蜜猫文庫編集部
伽月るーこ先生 / ことね壱花先生

国王陛下と秘密の恋
暗がりでとろけるような口づけを

2020年4月29日　初版第1刷発行

著　者　伽月るーこ
発行者　後藤明信
発行所　株式会社竹書房
〒102-0072 東京都千代田区飯田橋 2-7-3
電話　03(3264)1576(代表)
03(3234)6245(編集部)
デザイン　antenna
印刷所　中央精版印刷株式会社

Printed in JAPAN
ISBN978-4-8019-2248-8　C0193

没落令嬢は不眠皇帝陛下の抱き枕になりまして
すずね凛
Illustration 旭炬
いやらしいのにあどけない表情
——あまりに罪だ
祖父が反逆罪に問われたことで没落した伯爵家のフォスティーヌは遠縁の子爵家の養女となり静かに暮らしていたが、推薦により皇帝オリヴィエの身の周りの世話係の候補になり選ばれて彼の添い寝係になる。「口づけしていいだろうか？　あなたの唇は砂糖菓子みたいに甘くて、なんて心地よいのだろうね」一線は越えないと言いつつ彼女に甘く触れてくるオリヴィエ。密かに慕っていた皇帝の優しい誘惑に揺れ動くフォスティーヌは⁉